Reiner Plaumann

# Strafstoß

Ein Alb-Krimi



Silberburg-Verlag

**Reiner Plaumann** lebt und arbeitet mit Frau und Kindern in Albstadt auf der Schwäbischen Alb, wo er auch 1963 geboren wurde. Er studierte Wirtschaftsinformatik und ist als Ingenieur in der Softwareentwicklung tätig.

*Für Christine*

1. Auflage 2011


Schönbuchstraße 48, D-72074 Tübingen.

Umschlaggestaltung: Wager ! Kommunikation, Altenriet.
Druck: CPI books, Leck.
Printed in Germany.

ISBN 978-3-8425-1116-3

# 1

So, und jetzt noch das andere.

Konrad beugte sich über sein linkes Bein, welches ausgestreckt auf der Rückenlehne der Bank lag. Schweiß tropfte von der Stirn auf sein nacktes Knie. Sein Atem ging immer noch schwer nach dem gut dreißigminütigen Lauf. Ganz auf seine Dehnübung konzentriert, hörte er deshalb auch das Auto nicht, das sich auf dem Waldweg näherte und nur knapp zweihundert Meter entfernt anhielt.

Konrad beendete die Übung und nahm auf der Bank Platz, die ihm gerade noch als Gymnastikgerät gedient hatte. Er legte die Arme auf die Rückenlehne, streckte die Beine aus und neigte mit geschlossenen Augen seinen Kopf in Richtung der warmen Sonne. Zufrieden nahm er die Ruhe des Waldes in sich auf. Die Sonne trocknete schnell den Schweiß auf seiner Haut. Ab und zu blinzelte er, um den atemberaubenden Blick hinunter ins Schmiechatal zu genießen. Direkt unter ihm lag Truchtelfingen, rechts davon Tailfingen, links war Ebingen zu sehen.

Nach einem ausgiebigen Frühstück heute Morgen und der Lektüre der heute sehr informativen Tageszeitung (der Sportteil war besonders umfangreich wegen des bevorstehenden Gastspiels von Bayern München im Albstadion), hatte er sich auf den Weg gemacht. Von Truchtelfingen aus war er hinauf auf die Albhochfläche gejoggt. Oben war es weiter durch einen angenehm kühlen Wald Richtung Schlossfelsen oberhalb von Ebingen gegangen. Danach, um das dortige Wildschweingehege herum, wieder zurück zu der Bank, auf der er sich nun so wohl fühlte. Seine Laune verbesserte sich noch mehr, als er an Lena und den wunderbaren Urlaub mit ihr in Dänemark dachte. Auch der bevorstehende Termin, den er heute Nachmittag bei der Softwarefirma hatte, für die er ab und zu arbeitete, hob seine Stimmung. Konrad war freischaffender Informatiker und verdiente sich seinen Lebensunterhalt mit kleinen oder auch manchmal größeren Programmierarbeiten für verschiedene Firmen aus der Umgebung. Dieser Auftrag heute schien nicht allzu schwierig zu werden, versprach jedoch äußerst lukrativ zu sein.

Mit einem Mal jedoch war alles wie weggeblasen – der Auftrag, die Endorphine und selbst die wärmende Sonne. Ein Schrei durchschnitt die Ruhe des Waldes. Es war ein Schrei, wie ihn Konrad in einer solchen Intensität noch nie gehört hatte. Er wagte es nicht, sich zu bewegen. Mit angehaltenem Atem lauschte er in die Richtung, aus der der Schrei gekommen war. Erst das Geräusch einer zugeschlagenen Autotür riss ihn aus seiner Erstarrung. Langsam erhob er sich, um vorsichtig in den Wald hineinzugehen. Jetzt hörte er, wie ein Auto gestartet wurde und mit hoher Geschwindigkeit davonbrauste. Er kannte den Waldweg und wollte gerade seine Richtung ändern, um vielleicht noch einen Blick auf den Wagen werfen zu können, als er ein Röcheln hinter dem nächsten Gestrüpp vernahm. Behutsam schob er die Zweige beiseite. Auf dem Waldboden lag ein Mann – blutüberströmt –, der mit seinen letzten Kräften versuchte, ein Messer herauszuziehen, das in seinem Bauch steckte.

»Nicht herausziehen …«, rief Konrad.

Doch der Verletzte hörte ihn nicht. Unter Aufbietung seiner letzten Reserven zog er das Messer heraus und ließ es neben sich auf den Boden sinken. Sofort begann die Wunde kräftiger zu bluten. Konrad machte einen Satz auf den Mann zu und kniete sich neben ihn. Irgendwie musste es ihm gelingen, die Blutung zu stillen. Um beruhigend auf den Mann zu wirken, nahm er dessen Hand und sagte: »Ganz langsam, ich helfe Ihnen.«

Der Angesprochene öffnete den Mund, um zu sprechen – allein, es gelang ihm nicht. Nur ein Röcheln war zu hören.

Wie konnte er die Blutung stoppen? Mit einer einzigen Bewegung zog sich Konrad sein T-Shirt aus, knüllte es zusammen und presste den Stoff auf die klaffende Wunde. Sofort floss das Blut langsamer. Dem Verletzten schien diese Hilfe gutzutun. Er entspannte sich ein wenig.

»Du musst Hilfe holen«, durchfuhr es Konrad. Seine Gedanken rasten wie wild. Er konnte den Mann doch nicht allein lassen und sein Handy hatte er zum Joggen nicht mitgenommen. Durch ein abermaliges Röcheln des Mannes wurde er aus seinen Gedanken gerissen. Wieder versuchte dieser zu sprechen. Schließlich gelang es ihm tatsächlich, etwas zu sagen, allerdings äußerst leise. Konrad beugte sich mit dem Kopf über den Mund des Mannes, ohne den Druck auf das blutstillende T-Shirt zu verringern.

»Der dunkle Weiße ... Nebel Mister ... Fußballspiel ... Schuss ...«

Wieder folgte ein Röcheln. Blut floss aus dem Mund des Verletzten, dann ein letztes Stöhnen – der Mann war tot.

Obwohl Konrad keine ärztliche Ausbildung hatte, wusste er es sofort. Zögerlich löste er sein T-Shirt vom Bauch des Toten. Er war verzweifelt.

Erst jetzt bemerkte er, dass er selbst am ganzen Körper blutverschmiert war. Plötzlich zuckte er zusammen. Aus dem Gebüsch hinter ihm war ein Geräusch zu hören.

»Der Mörder kommt zurück ...«, durchdrang es Konrad. Er geriet in Panik und griff nach dem blutverschmierten Messer, welches neben ihm auf dem Boden lag.

Doch – es war nicht der Mörder, der an den Tatort zurückkehrte. Vielmehr handelte es sich um ein älteres Ehepaar, das auf seinem Spaziergang, ebenso wie Konrad, durch den Schrei aufmerksam geworden war. Für die Rentner bot sich ein Bild des Grauens, welches eindeutiger nicht sein konnte: Auf dem Boden lag ein toter Mann mit einer deutlich sichtbaren Wunde im Bauch. Daneben stand, blutverschmiert, der Mörder. Die Tatwaffe hielt er noch in der Hand.

»Keine Bewegung! Käthe, ruf die Polizei«, befahl der Rentner, nachdem er die Sprache wiedergefunden hatte. Seinen Spazierstock hielt er dabei auf Konrad gerichtet.

Erst jetzt wurde Konrad die Situation bewusst. Sofort ließ er das Messer fallen und versuchte dem Mann eine Erklärung zu geben. Mit fuchtelndem Stock wehrte dieser jedoch ab und rief noch lauter: »Keine Bewegung. Käthe ... die Polizei.«

Seine Frau, die noch immer ihre Hand vor den Mund hielt, antwortete: »Aber hier hört uns doch niemand, wenn ich jetzt rufe.«

»Du sollst mit dem Handy die Polizei anrufen«, gab ihr Mann zurück.

»Aber ich weiß doch deine Nummern nicht.«

»Du brauchst keinen PIN-Code, das Handy ist eingeschaltet.«

»Aber ...«

»Ach was«, rief der Mann entrüstet. »Hier, halt ihn in Schach, ich werde selbst anrufen.« Mit diesen Worten drückte er seiner Frau den Stock in die Hand.

Wäre die Situation nicht so ernst gewesen, Konrad hätte laut herauslachen müssen. So, wie die Frau mit zitternden Händen den Spazierstock hielt, war sie keine Bedrohung, weder für Konrad noch für einen potenziellen Mörder.

»Die Polizei muss her«, dachte Konrad, »das ist wohl die beste Lösung. Wenn die Beamten da sind, wird sich die Sache schnell klären.« Konrad beschloss, erst einmal gar nichts zu sagen oder zu unternehmen, sondern nur so ruhig als möglich abzuwarten, bis die Gerufenen eintreffen würden.

Inzwischen hatte der Rentner sein Telefonat beendet und übernahm nun seinerseits wieder die Bewachung des Verbrechers, indem er den Spazierstock an sich nahm.

Erstaunlich schnell waren Motorengeräusche zu hören.

»Geh ihnen entgegen und führe sie hierher!«, beauftragte der Rentner seine Frau. »Ich werde hier die Stellung halten.«

Nach kurzer Zeit kehrte Käthe mit zwei uniformierten Polizeibeamten zurück. Die Frau hatte die Beamten dermaßen aufgestachelt, dass diese mit gezogenen Waffen auf Konrad zupreschten. Unsanft wurden ihm die Arme auf den Rücken gedreht und noch ehe er protestieren konnte, hatte man ihm Handschellen angelegt.

»Moment mal, hier liegt eine Verwechslung vor«, gelang es Konrad endlich zu sagen.

»Schnauze«, brüllte einer der Beamten zurück und hielt Konrad seine Pistole unter die Nase, was diesen wiederum bewog, tatsächlich zu verstummen.

Der Wald füllte sich mit immer mehr Polizisten. Endlich traf auch der Kommissar ein. Wie es Konrad gehofft hatte, handelte es sich dabei um seinen alten Schulkameraden Joachim Langner. Als der Kommissar Konrad erkannte, war ihm die Überraschung deutlich anzumerken. Seine Backen plusterten sich auf und sein Kopf lief rot an.

»Jojo ... Gott sei Dank ...«, schnaufte Konrad. Der Kommissar jedoch ließ durch nichts erkennen, dass er seinen Schulfreund gehört hatte. Vielmehr hörte er erst einmal auf einen Polizeibeamten, der ihm die Situation erklärte. Daraufhin näherte er sich dem Toten, um ihn ausgiebig zu betrachten. Sein nächster Weg führte ihn zu dem Rentnerehepaar, das etwas abseits von einem Uniformierten befragt wurde. Von Konrad nahm er immer noch keine Notiz. Die beiden Alten redeten wild gestikulierend auf den Kommissar ein, wobei sie immer wieder mit den Fingern auf Konrad zeigten. Langner hörte aufmerksam zu, während er mit Daumen und Zeigefinger seinen Schnauzbart kraulte.

Schließlich ging er auf Konrad zu.

»Jojo, endlich ...«, seufzte Konrad. »Befreie mich von diesen Handschellen.«

Der Kommissar sagte nichts. Sein Blick ging an Konrad hinunter und wieder hinauf. »Konrad, es tut mir leid«, begann er langsam, »aber du stehst im dringenden Tatverdacht, diesen Mann getötet zu haben.«

»Jetzt mach doch keine Witze. Ich habe einen Schrei gehört und bin hierhergekommen. Da habe ich den Mann gefunden, mit einem Messer im Bauch, das er sich gerade herauszog. Mit meinem T-Shirt habe ich noch versucht die Blutung zu stillen. Aber es war zu spät …«

»Ich fürchte«, unterbrach Langner, »damit wirst du nicht durchkommen. Sieh dich an: Blutverschmiert, halb nackt und anscheinend hattest du die Tatwaffe noch in der Hand, als man dich entdeckte.«

»Jojo, so lass es dir doch erklären …«

»Erst einmal zählen nur Fakten. Und da sieht es nicht gut für dich aus.«

Konrad war der Verzweiflung nahe. Er zerrte an seinen Handschellen.

»Mach die Sache nicht noch schlimmer«, warnte der Kommissar.

Ein Seufzer kam über Konrads Lippen. Er versuchte, sich wieder in den G[illegible] zu bekommen.

Der Gesic[illegible]ruck des Kommissars änderte sich. Fast mitleidig bet[illegible]er seinen Schulkameraden. »Ich werde mir den Toten [illegible]einmal genau ansehen«, sagte er und entfernte sich in Ri[illegible]ng des Tatorts, nicht jedoch, ohne einem Polizisten eine[illegible]nk zu geben, auf den Verdächtigen aufzupassen.

Kalter Schweiß stand auf Konrads Stirn. »Das ist alles nicht wahr«, sagte er sich immer wieder. Nur langsam gelang es ihm ruhiger zu werden. Er blickte sich um. Der Wald wimmelte von Polizisten. Inzwischen waren zwei Männer in weißen Overalls eingetroffen, die damit beschäftigt waren – zusammen mit dem Kommissar –, den Toten zu untersuchen. Im Abstand von einigen Schritten stand eine Frau in Zivil. Konrads Blick blieb an ihr haften. Sie hatte einen Block in der Hand und machte sich eifrig Notizen. Trotz seiner ausweglosen Situation musste sich Konrad eingestehen, selten eine so interessante Frau gesehen zu haben. Ja, interessant – schön nämlich war diese Frau nicht zu nennen. Ihr helles halblanges Haar fiel lockig auf ihre Schultern. Die weite, sommerliche Bluse und ihre Jeans konnten die äußerst weibliche Figur nicht verdecken. Demgegenüber standen ihre harten, ja fast männlichen Gesichtszüge und eine leichte Hakennase. Die Augen wiederum strahlten eine ruhige Gelassenheit aus, die nur bei ganz wenigen Menschen zu erkennen war. Für einen kurzen Augenblick vergaß Konrad seine missliche Lage.

Erst als der Kommissar mit schweren Schritten auf ihn zukam, wurde er wieder von der Realität eingeholt. Konrad erschrak, als er seinem Schulfreund in die Augen blickte. Der Kommissar war kreidebleich.

»Konrad Landberg. Ich muss Sie verhaften!«, sagte er mit förmlicher, dumpfer Stimme. »Sie stehen im Verdacht, einen Mord begangen zu haben.«

»Aber ich kenne den Toten doch gar nicht. Ich habe ihn vorhin zum ersten Mal gesehen …«

»Und warum«, unterbrach der Kommissar, »hat er dann einen Zettel in seiner Tasche, auf dem dein Name steht?«

## 2

*Sommer 1960*

Die Sonne über dem Braunhardsberg hatte sich schon in ein dunkles Gelb verfärbt. Nach der Hitze des Tages lagen die Temperaturen jetzt bei wohltuenden zweiundzwanzig Grad. Seit sieben Tagen war kein Regen mehr gefallen und die Leute stöhnten über diese drückende Wärme, genauso wie sie es vor einer Woche über den Regen getan hatten.

Den Jungen aber, deren Fußballspiel auf dem Bolzplatz nahe der Schmiecha in Truchtelfingen in die Endphase ging, machte weder Regen und Kälte noch Sonnenschein und Hitze etwas aus. Sie wollten nur eins: Das Spiel gewinnen! Es stand 9:9. Das nächste Tor musste die Entscheidung bringen.

Gleich nach der Schule hatten sich die Kinder – alle waren im Alter zwischen zwölf und fünfzehn Jahren – beim Bolzplatz getroffen. Sie waren allerdings noch nicht vollständig; nicht alle durften gleich nach dem Mittagessen raus. So mussten sie warten, ehe sie zwei Mannschaften zum Fußballspiel bilden konnten.

Die Zeit verbrachten sie mit Reden und Witzemachen am Ufer der Schmiecha. Dabei wurden unzählige Steine in den Bach geworfen. Jetzt näherte sich Peter. Noch hatten ihn die anderen nicht entdeckt. Er griff nach einem dünnen Stück Holz, das auf dem Boden lag, und schlich sich von hinten an Jochen an. Mit einem lauten »Huuh …« legte er seine letzten Schritte zurück. Den Stock hielt er wie ein Messer auf Jochen gerichtet. »Ich bin Norman Bates. Huuh …«

Alle und besonders Jochen fuhren wie von der Tarantel gestochen herum.

»Peter – du Idiot«, fauchte Jochen. Dieser fuchtelte immer noch mit dem Stock vor Jochens Nase.

»Peter, du siehst zwar nicht aus wie Perkins, bist aber genauso ›psycho‹ wie er«, schimpfte Hardy.

Das Ganze war eine Anspielung auf Alfred Hitchcocks neuesten Film »Psycho«, der vor einiger Zeit in die Kinos gekommen war.

»Am Wochenende schau ich mir den Film an«, tönte Peter jetzt.

»Du weißt genau, dass der Streifen ab sechzehn ist. Da kommst du nicht mal rein, wenn du wirklich sechzehn bist.« Jochen hatte jetzt sein Gleichgewicht wiedergefunden.

»Egal«, antwortete Peter, »aber jetzt will ich Fußball spielen. Ich bin Uwe Seeler!«

»Gerade warst du noch Norman Bates, ein psychopathischer Mörder, jetzt willst du Stürmer beim HSV sein?«

Der Hamburger Sportverein war gerade in aller Munde, da er am 25. Juni den 1. FC Köln im Endspiel um die Deutsche Fußballmeisterschaft mit 3:2 besiegt hatte.

»Egal wer ich bin«, entgegnete Peter eifrig, »fangen wir jetzt endlich an.«

»Max fehlt noch«, warf Sigi ein.

»Max ist immer der Letzte«, maulte Peter. »Ich denke, ich werde ihn im Spiel mal kurz manndecken.«

»Dein Manndecken kennt man. Woanders wird das Ringen genannt.«

»Wer hat dich gefragt Jochen ... ah, da kommt Max ja endlich.«

Peter hatte seinen Blick zur Seite gewendet, wo jetzt tatsächlich Maximilian auftauchte. Beide Hände hatte dieser in seine viel zu engen kurzen Hosen gesteckt. Die dunklen Kniestrümpfe hatten Löcher und seine blonden Haare waren unter einer viel zu großen Schirmmütze versteckt. Gemächlich – ein Liedchen pfeifend – näherte er sich seinen Freunden.

»Nein«, rief Sigi, »nicht schon wieder *Marina*. Ich kann dieses Lied von diesem Rocco Grande nicht mehr hören.«

»Er heißt Rocco Granata – und jeder trällert dieses Lied«, belehrte Max.

»Egal«, rief Peter, »spielen wir jetzt ...«

Es war eine unbeschwerte Zeit, eine Woche vor den großen Ferien. In der Schule warteten keine größeren Herausforderungen mehr – Schüler und Lehrer gleichermaßen achteten darauf, sich nicht mehr als nötig anzustrengen.

Nur beim Fußball, da gab es kein Ausruhen, kein Schonen. Der Gegner musste besiegt werden, auch wenn nachher wieder gemeinsam Scherze gemacht und Steine in die Schmiecha geworfen wurden.

»Pass«, Peters Stimme überschlug sich beinahe. Er musste laut rufen, denn auch die gegnerische Mannschaft gab sich weit hörbare Anweisungen. Am ruhigsten war Sigi. Gekonnt führte er den Ball auf der rechten Seite, knapp vor der mit Sägemehl markierten Auslinie. Jetzt – ein schneller Antritt, ein gekonntes Dribbling. Nur der Torwart stand noch vor ihm. Ohne Weiteres hätte er den Ball an dem Herausstürzenden vorbeischieben können. Sigi aber passte nach innen, wo Hardy allein vor dem leeren Tor wartete. Hardy hatte keine Mühe, den Ball ins Tor zu schießen. Ein riesiger Jubel brach los – das Spiel war entschieden. Seine vier Mitspieler rannten auf Hardy zu. Er wurde umarmt, am Ende sogar geschultert, wie Sepp Herberger vor sechs Jahren in Bern. Die gegnerischen fünf saßen enttäuscht auf dem staubigen Boden. Jedoch war ihre Niedergeschlagenheit von kurzer Dauer: »Morgen gewinnen WIR mit 10:0!«

Bald hatten sich die Emotionen wieder gelegt, bei Siegern und Verlierern. Man verabschiedete sich bis zum nächsten Tag, um sich mit einem Bärenhunger auf den Nachhauseweg zu machen. Nur zwei blieben zurück: Sigi und Hardy.

»Ich denke, eine Abkühlung tut unseren Füßen jetzt gut«, sagte Sigi.

Hardy grinste und folgte seinem Freund zum Bach. Dort entledigten sie sich ihrer Schuhe und Socken, setzten sich ans Ufer und streckten ihre Füße in das kühle Nass.

Es wurde nichts geredet. Beide beobachteten das Wasser, welches ihre Füße angenehm umspülte. Die Sonne stand jetzt als große rote Kugel am Horizont. Im Dorf herrschte eine friedliche Ruhe.

»Du hättest das Tor auch selbst machen können«, unterbrach Hardy schließlich die Stille, »dann wärst du der Held des Tages gewesen.«

»Ach was, du bist einfach besser gestanden«, entgegnete Sigi.

Hardy warf einen fast schüchternen Blick auf seinen Nebenmann. »Weißt du«, sagte er, »du bist mein bester Freund!«

»Du bist auch mein bester Freund.«

»Wirklich?«

»Wollen wir eine Freundschaft auf Lebenszeit beschließen – wir beide?«

»Ja, das machen wir – Freunde fürs Leben!«

# 3

»Natürlich werde ich dir die Geschichte auch ein fünftes Mal erzählen!«

Konrad versuchte so ruhig als möglich zu bleiben. Er befand sich in der Verhörzelle des Albstädter Polizeireviers. Die Handschellen waren ihm abgenommen worden. Zudem hatte man ihm ein nach Moder riechendes Baumwollhemd und eine ebensolche Hose gegeben. Auch hatte er sich notdürftig waschen dürfen.

Gerade hatte Kommissar Langner, nach einer längeren Unterbrechung, wieder den Raum betreten und Konrad abermals um seine Darstellung der Geschehnisse gebeten. Neu war dieses Mal, dass ihn die junge Frau begleitete, die Konrad bereits im Wald aufgefallen war.

»Das übrigens«, erklärte der Kommissar, »ist Frau Karin Berger. Sie ist Studentin an der Polizeihochschule in Villingen-Schwenningen und absolviert gerade ihr Hauptpraktikum bei uns.«

Konrad bedachte sie mit einem müden Lächeln, welches lässig wirken sollte, und mit einem kühlen Nicken beantwortet wurde. Daraufhin begann er abermals seine Geschichte zu erzählen. Am Ende stellte er wieder die Frage, die er bereits viermal gestellt hatte: »Was ist das für ein Zettel, den der Tote bei sich hatte? Kannst du mir das sagen?«

Langner reagierte dieses Mal anders als zuvor. Bisher hatte er immer mit einem lauten »Nein!« geantwortet. Jetzt knallte er eine durchsichtige Plastiktüte auf den Tisch, in der sich der rätselhafte Zettel befand. Konrad zuckte zusammen und war drauf und dran, eine entsprechende Bemerkung angesichts des rauen Verhaltens von Langner zu machen, aber seine Neugierde war größer. Vorsichtig beäugte er den Inhalt der Tüte. Es war ein einfaches, aus einem kleinen Notizblock herausgerissenes Stück Papier, auf dem nur ein einziges Wort handschriftlich vermerkt war: »Landberg«.

»Das ist alles?«, Konrad war empört. »Wenn man das ›s‹ nicht vergessen hätte, wäre es eine Stadt in Bayern.«

»Hier steht nicht Landsberg, sondern Landberg!«, konterte der Kommissar verärgert. »Und so heißt du, wenn ich mich recht erinnere.«

»Ja, aber …«

»Keine Diskussion …«, Langner wischte die Tüte mit dem Zettel vom Tisch und steckte sie in seine Tasche. »Tatsache ist, dass auf dem Papier dein Nachname steht und dass der Besitzer ermordet wurde – von dir!«

Konrad zuckte abermals zusammen, begriff aber sofort, dass es besser war, sich auf diese Provokation nicht einzulassen. Innerlich jedoch kochte er. Ganz ruhig stellte er seine Frage: »Weiß man denn inzwischen, wer der Tote ist?«

Der Kommissar sah erstaunt auf, als hätte er mit einer anderen Reaktion des Verdächtigen gerechnet. Eine Antwort blieb er Konrad schuldig.

Die Praktikantin machte sich unterdessen eifrig Notizen. Immer wieder warf sie einen Blick auf Konrad, so, als würde es sie faszinieren, einem Mörder gegenüberzustehen. Konrad seinerseits war ebenso von ihr fasziniert – allein, er hatte jetzt andere Probleme. Wie konnte er seinem Schulfreund (der momentan gar nicht sein Freund war) deutlich machen, dass er nichts mit dieser Sache zu tun hatte? Seltsam war allerdings schon der Zettel mit seinem Namen, für den es keine Erklärung gab.

In diese Gedanken hinein platzte ein Polizist in Zivil. Ohne anzuklopfen, betrat er den Raum und gab dem Kommissar und der Praktikantin einen verschwörerischen Wink, ihm zu folgen. Damit war er auch schon wieder verschwunden. Die Praktikantin sah Langner neugierig an und folgte diesem aus dem Zimmer. Konrad blieb allein mit der Frage zurück, was das nun zu bedeuten hatte.

Nach einer Zeit, die Konrad nahezu endlos vorkam, kehrte Kommissar Langner zurück. Schon seine Körperhaltung verriet, dass etwas Außergewöhnliches geschehen sein musste. Mit gedämpfter, monotoner Stimme sagte er: »Du kannst gehen!«

»Wie …?«, Konrad war die Tragweite dieser Worte noch nicht klar. »Du meinst gehen? Nach Hause?«

Langner nickte.

»Puh …«, jetzt hatte Konrad die Nachricht richtig eingeordnet, »dann ist ja alles geklärt. Ich habe dir gleich gesagt, dass ich nichts mit der Sache zu tun habe.«

»Nichts ist geklärt«, fuhr der Kommissar auf. »Es haben sich nur Dinge ergeben, die eine Korrektur unserer Vorgehensweise nach sich ziehen.«

»Schön gesprochen«, lobte Konrad augenzwinkernd.

Das Gesicht des Kommissars lief rot an: »Dir wird der Spaß schon noch vergehen. Glaube nur nicht, dass die Sache für dich erledigt ist. Für mich bist du immer noch der Hauptverdächtige!«

Konrad erschrak. Langner schien es ernst zu meinen. Irgendetwas hatten diese Worte bei Konrad ausgelöst. War es der berühmte Tropfen, der das Fass zum Überlaufen brachte, oder waren es sein Stolz und seine Ehre, die verletzt waren?

Wie auch immer – in diesem Augenblick fasste Konrad einen Entschluss: Er wollte den wahren Mörder finden!

»Schon gut«, sagte er mit gespielter Lässigkeit. »Ich bin dann eben mal weg!«

## 4

Gerd hatte schon mehrfach versucht, seinen Schwager telefonisch zu erreichen; auch auf dem Handy. Das Ergebnis war immer dasselbe: Konrad Landberg meldete sich nicht. Dabei wäre es so wichtig für ihn gewesen, mit seinem Freund und Bruder seiner Frau zu reden. Denn Gerd hatte ein Problem! Konrad würde sagen: »Ein Luxusproblem.« Die D-Junioren, die er trainierte, waren vergangenes Wochenende bei einem Turnier im Lichtenbolstadion in Tailfingen erfolgreich gewesen. Sie hatten den ersten Platz belegt. Neben dem Pokal, den sie gleich am Sonntag bekommen hatten, waren heute per Post noch fünf Einladungen für das Freundschaftsspiel Albstadt gegen Bayern München eingetroffen. So weit, so gut, bis auf die Tatsache, dass die Jugendmannschaft nicht fünf, sondern fünfzehn Spieler umfasste. Hier lag nun Gerds Problem: Wer sollte eine Karte bekommen und wer nicht?

Gerd war in dieser Hinsicht ohnehin ein äußerst sensibler Trainer. Er versuchte stets alle Spieler gerecht zu behandeln. So kam beispielsweise jeder der jungen Fußballer bei den Spielen zum Einsatz. Diese Strategie konnte natürlich auch auf Kosten des Erfolgs gehen, was dann wiederum zu mangelnder Motivation bei den Kindern führen würde. Bisher aber hatte es Gerd jedoch ausgezeichnet verstanden, hier den richtigen Mittelweg zu finden.

Noch ein letztes Mal wählte er Konrads Nummer. In solchen Dingen hatte sein Schwager immer praktische Ideen parat. Außerdem war Konrad auch ein leidenschaftlicher Fußballer und hatte schon mehr als einmal ausgeholfen, wenn Gerd keine Zeit gehabt hatte. Nach dem fünften Klingeln wollte Gerd schon aufgeben, als sich Konrad meldete.

»Alter Junge!«, sagte Gerd. »Ich habe es schon hundertfach bei dir versucht. Wo steckst du denn? Ich habe ein Problem, wir müssen reden.«

»Entschuldige, dass du mich nicht erreichen konntest, aber ich bin gerade eben aus dem Gefängnis entlassen worden. Reden ist eine gute Idee!«

Eine Stunde später saßen die beiden Freunde in einem Straßencafé in der Fußgängerzone von Albstadt-Ebingen bei einem Espresso zusammen. Gerd hatte Konrad zuerst berichten lassen und wollte danach von seinem Problem gar nicht mehr sprechen, so tat ihm sein Schwager, mit dessen sensibler Ader, leid. Erst nach einer abermaligen Aufforderung Konrads berichtete er von seinen Schwierigkeiten.

Die beiden hatten früher zusammen Fußball gespielt, bevor Gerd zu einem höherklassigen Verein gewechselt war und es sogar bis in die Dritte Liga geschafft hatte. Kennengelernt hatten sie sich aber schon viel früher, auf dem Wirtschaftsgymnasium. Dort hatte Gerd auch Konrads Schwester zum ersten Mal gesehen und sich prompt in sie verliebt. Inzwischen waren sie schon lange verheiratet und stolze Eltern zweier Söhne. Immer wenn er Zeit hatte, besuchte Konrad die Fußballspiele seiner Patenkinder Jan und Tim, ab und zu sogar das Training. Deshalb kannte er die Mannschaft sehr gut und konnte Gerds Sorgen gut verstehen. Es handelte sich bei den Kindern durchweg um patente Jungs, von denen es keiner verdient hätte, nicht zu diesem Spiel des Jahres ins Albstadion gehen zu dürfen.

Aber Konrad hatte bereits eine Lösung parat: »Ich werde mal mit meinem Vater reden. Er kennt doch Gott und die Welt. Vielleicht findet er ja einen Weg.«

»Das ist eine sehr gute Idee, die mir wieder einmal nicht gekommen ist! Auf jeden Fall: Vielen Dank erst mal. Aber jetzt noch einmal zu deinem Problem: Warum hat man dich denn so plötzlich freigelassen?«

»Du kannst Themen wechseln – sensationell. Aber im Ernst: Ich habe keinen blassen Schimmer, warum ich von einer Minute auf die andere vom Mörder zum freien Mann geworden bin …«

In diesem Augenblick bemerkte Konrad ein bekanntes Gesicht unter den Vorübergehenden. Es war die Polizeipraktikantin Karin Berger. Auch sie hatte ihn bemerkt. Kurz hielt sie inne – so, als überlege sie, sich Konrad zu nähern – entschied sich dann aber dafür, weiterzugehen. Konrad sprang auf, während er seinem Schwager zuraunte: »Vielleicht weiß ich gleich mehr.« Er rannte der Frau hinterher. Gerd blickte ihm verblüfft nach.

Schon nach wenigen Schritten hatte Konrad die Polizistin eingeholt. Er wollte unbedingt versuchen, einige Informationen von ihr zu erhalten.

»Entschuldigen Sie bitte … äh … darf ich Sie zu einem Kaffee einladen?«

Die Frau blickte Konrad überrascht an.

»Ich meine … Sie erkennen mich doch wieder?«

»Wie könnte ich Sie vergessen.« Ein gewisser Spott war nicht zu überhören. »Danke für die Einladung, aber ich trinke abends keinen Kaffee mehr, sonst kann ich nicht einschlafen.«

»Dann vielleicht Tee?«

»Nein danke.«

»Apfelsaft?«

»Auch nicht.«

»Gut.« Konrad blieb hartnäckig. »Dann möchte ich eine offizielle Aussage machen.«

Frau Berger sah Konrad überrascht an und verzog daraufhin ihren Mund zu einem schwachen Lächeln.

»Ein Bier würde ich trinken. Ich habe jetzt Feierabend, da geht das. Ihre Aussage können Sie dann morgen auf dem Revier machen.«

»Ganz wie Sie wünschen.« Ein leichter Triumph schwang in Konrads Stimme mit. Er führte die Praktikantin zum Tisch zurück und sagte: »Darf ich vorstellen, das ist mein Schwager Gerd Müller – er wollte gerade gehen.« Bei diesen Worten trat er dem Genannten heimlich gegen dessen Schienbein.

»Au …«, stöhnte dieser, fasste sich aber sofort, »Ausnahmsweise hast du recht. Einen schönen Abend noch und danke für die Einladung!«

»Welche Einlad… Ach so, ja. Gerne – Tschüss.«

Nur zähneknirschend akzeptierte es Konrad, die Zeche für seinen Freund bezahlen zu müssen. Dieser zwinkerte ihm unbemerkt zu und verabschiedete sich von Frau Berger.

»Pils? Export? Weizen?« Konrad sah seine Tischnachbarin fragend an.

»In dieser Reihenfolge!«

»Wie …?«

»Das war nur ein Spaß. Ich würde gerne ein kleines Hefeweißbier trinken.«

Konrad nickte und orderte zwei Bier.

»Wie lange sind Sie schon in Albstadt?« Er beeilte sich, die Konversation nicht ins Stocken geraten zu lassen.

»Seit zirka zwei Wochen.«

»Und wie lange dauert Ihr Praktikum?«

»Ist das ein Verhör?«

»Bestimmt nicht. Davon habe ich genug. Ich wollte Sie nur etwas näher kennenlernen.«

»So – na gut: Das Praktikum dauert ein halbes Jahr. Danach habe ich noch zwei Semester zu studieren. Am Ende des Studiums schließlich muss ich ein schriftliches und mündliches Staatsexamen ablegen. Danach darf ich mich ›Diplomverwaltungswirt Polizei (FH)‹ nennen.«

»Dann könnten Sie mich verhaften?«

»Wenn Sie etwas angestellt haben.«

»Und mich wieder freilassen?«

»Wenn Sie unschuldig sind.«

»Ich bin unschuldig, weiß aber trotzdem nicht, warum ich vorhin so schnell entlassen wurde.«

»Tut mir leid, das darf ich Ihnen nicht sagen.« Frau Berger wurde plötzlich sehr ernst.

Konrad bemerkte, dass das Gespräch auf der Kippe stand und beeilte sich, das Thema zu wechseln: »Wie gefällt Ihnen eigentlich Albstadt?«

Dieser Themenwechsel schien Frau Berger entgegenzukommen. Ihre Gesichtszüge wurden wieder freundlich, als sie entgegnete: »Oh – sehr gut. Leider habe ich noch zu wenig von der Gegend gesehen. Aber ich arbeite daran.«

»Wenn Sie wollen, gebe ich Ihnen ein paar Insider-Tipps.«

In diesem Moment wurde das Bier serviert, was zu einer Unterbrechung des Gesprächs führte. Konrad begann, nachdem die Bedienung weitergegangen war, Frau Berger mehr über Albstadt zu erzählen. Er startete mit der Gründung der Stadt im Jahre 1975 durch den Zusammenschluss von neun Städten beziehungsweise Gemeinden, was Albstadt zur größten Stadt im Zollernalbkreis machte. Nannte einige statistische Daten, wie dass der niedrigste Punkt der Stadt bei 580 Metern lag, während der höchste bei 981 Metern zu suchen war. Er erwähnte das Stauffenbergschloss in Lautlingen und die St. Michaels-Kirche in Burgfelden mit romanischen Fresken aus dem 11. Jahrhundert. Natürlich ging er auf die beiden Sportgroßereignisse ein, die bevorstanden: Der Mountainbike-Marathon am Samstag sowie das Gastspiel des deutschen Rekordmeisters FC Bayern München in Ebingen am kommenden Sonntag. Zuletzt schwärmte Konrad von den sagenhaften Wander- und Radfahrmöglichkeiten, die die Gegend zu bieten hatte.

Das 0,3-Liter-Weizenbierglas war schnell geleert und so bestellte Konrad zwei weitere Gläser. Die Stimmung stieg und schließlich erklärte Frau Berger, dass sie jetzt richtig Lust bekommen habe, die Gegend zu »erjoggen«.

»Erjoggen! Eine feine Wortkreation«, fiel Konrad ein.

»Sie meinen, es hätte Chancen, zum Unwort des Jahres gewählt zu werden?«

»So nun auch wieder nicht.«

»Nun, ich meinte auch nur, ich würde mir gerne die Gegend ansehen, aber nicht gehend, sondern laufend.«

»Verstehe«, lachte Konrad, »ich laufe mit!«

Die Polizeipraktikantin gab keine Antwort, was Konrad positiv auffasste.

Nach einem weiteren Bier schließlich erklärte Frau Berger, aufbrechen zu wollen. »Wie wäre es morgen um eins – zum Joggen – hier?«

Konrad war sichtlich überrascht. »Natürlich, gerne!«

»Schön, ich habe nämlich morgen Nachmittag frei.« Die Polizistin strahlte, während sie sich erhob. »Danke für die Einladung.«

»Ja …« Konrad ging es jetzt etwas zu schnell.

Schon hatte sich Frau Berger mehrere Schritte entfernt, als sie sich noch mal umdrehte und zurückkehrte. »Ihre Entlassung hatte natürlich Gründe: Der Tote konnte identifiziert werden. Es handelt sich bei ihm um einen gesuchten Auftragskiller! Kurz darauf bekamen wir Anweisung vom Landeskriminalamt aus Stuttgart, Sie sofort freizulassen.«

## 5

*Herbst 1963*

Obwohl die Rede vor dem Schöneberger Rathaus in Berlin schon über vier Monate zurücklag, war sie noch nicht aus den Köpfen der Deutschen verschwunden. »Ich bin ein Berliner«. John F. Kennedy verstand es, die Massen zu begeistern.

Auch auf der Schwäbischen Alb, im beschaulichen Truchtelfingen, war der amerikanische Präsident immer ein Gesprächsthema – insbesondere unter den jüngeren Leuten. Weniger jedoch in den vergangenen Tagen. Da hatte Truchtelfingen, wie auch der Rest der Bundesrepublik, gerade vierzehn Tage lang den Atem angehalten; schließlich, letzten Donnerstag, am 7. November, war es so weit gewesen: Elf verschüttete Bergleute aus Lengede in Niedersachsen waren lebendig geborgen worden. Ein Wunder!

Ja, es gab viel zu bereden unter den Jugendlichen, die sich in Truchtelfingen bei ihrem alten Bolzplatz getroffen hatten. Heute jedoch wurde kein Fußball gespielt. Es war Sonntag und man war ja schließlich kein Kind mehr. Dennoch war Fußball natürlich immer ein Thema. Seit Beginn des neuen Spielsystems Mitte August sowieso: Die Fußballbundesliga war in ihre erste Saison gestartet. Aber auch im regionalen Fußball hatte sich einiges getan. Seit drei Jahren gab es die Schwarzwald-Bodensee-Liga. Heute Nachmittag war ein Spiel in Ebingen.

Genau dieses und einiges mehr war Gesprächsthema zwischen Sigi und Hardy, Peter, Jochen und Max und wie sie alle hießen. Es war fast so wie früher, als man sich hier zum Fußballspiel getroffen hatte. Bis auf eine Kleinigkeit: Die Jungs waren nicht mehr unter sich. Jetzt gehörten auch Mädchen zur Clique. Die jungen Damen ihrerseits waren nicht ganz unschuldig daran, dass sich die Diskussion, wohin man am Sonntagnachmittag gehen sollte, so intensiv entwickelte. Sollte man zum Tanzen oder doch lieber auf den Sportplatz?

Kontroverse Gespräche wurden geführt, obwohl die Clique noch gar nicht vollständig versammelt war. Es fehlten noch drei Mädchen, wobei eine von diesen, Renate, sowohl auf Sigi als auch auf Hardy einen außergewöhnlichen Eindruck gemacht hatte. Mit anderen Worten: Die beiden hatten sich in Renate verliebt – zumindest ein wenig. Auch Renate fühlte sich wie durch einen unsichtbaren Magneten zu beiden hingezogen.

Gerade machte Peter klar, dass man unbedingt zum Tanzen gehen müsse, da er dort letzten Sonntag ein Mädchen gesehen habe, das Liz Taylor zum Verwechseln ähnlich sehe. Elizabeth Rosemond Taylor war auf dem Höhepunkt ihrer Karriere angekommen und ließ gerade mit ihrem Film *Cleopatra* die Kinokassen klingeln.

»Deine Liz Taylor kenne ich«, scherzte Jochen, »die heißt Arthur und ist aus Onstmettingen.«

»Quatsch. Du willst doch nicht sagen, Liz Taylor sieht aus wie ein Kerl.«

»Die Richtige natürlich nicht …«

»Ich gebe dir gleich die ›Richtige‹.« Peter schnippte seinen Zigarettenstummel Richtung Jochen, begleitet von dem Gelächter der anderen.

»Jetzt regt euch doch nicht unnötig auf«, mischte sich Hardy ein. »Wie mein Vater. Den ärgert auch alles und jeder. Auch Dinge, die er sowieso nicht beeinflussen kann. Vorhin hat er sich beim Mittagessen darüber aufgeregt, dass der Liter Benzin jetzt schon 57 Pfennig kostet und die Maß Bier beim Oktoberfest 2,20 DM gekostet hat.«

»Das sind allerdings Probleme …«

»Siehst du. Dabei haben wir gar kein Auto und auf dem Oktoberfest war mein Vater noch nie.«

»Und wird er wahrscheinlich auch nie hinkommen – so ohne Auto …«

In diesem Moment näherten sich Renate und ihre beiden Freundinnen Sabine und Anna.

»Na endlich«, empfing sie Max, »wir warten schon seit Stunden.«

»Die Stimmung scheint ja trotzdem bestens zu sein«, entgegnete Renate. »Außerdem ist es erst drei Minuten nach eins.« Sie warf dabei einen verstohlenen Blick auf Sigi und Hardy, die verlegen zurücklächelten.

»Was machen wir?«, wollte jetzt Sabine wissen.

Wenige Sekunden herrschte in den Reihen der Jugendlichen absolute Ruhe, welche kurz darauf von lautem Getöse abgelöst wurde. Alles redete, ja schrie, durcheinander, um die Meinung über den weiteren Verlauf des Sonntags kundzutun. Erst allmählich beruhigten sich die Gemüter und es kehrte wieder eine gewisse Besonnenheit ein.

Während weiter Vor- und Nachteile besprochen wurden, näherte sich Renate den beiden Freunden Sigi und Hardy. »Mir wäre es …«, begann sie schüchtern. »Ich meine, ich würde mich freuen, wenn einer von euch mit mir zum Tanzen gehen würde.« Ihre blauen Augen strahlten und ihr Lächeln verzauberte die Freunde. Beide schluckten leer und sahen sich an.

Endlich ergriff Hardy das Wort: »Also, ich gehe auf den Sportplatz. Tut mir leid, ein anderes Mal gerne.«

Sogleich fügte Sigi hinzu: »Bei mir ist es genauso. Das Spiel kann man sich einfach nicht entgehen lassen.«

Wenn die beiden jetzt damit rechneten, dass sich Renate wütend abwenden würde, hatten sie sich getäuscht. Renate strahlte noch freundlicher und entgegnete mit einem Augenaufschlag: »Das ist schade. Aber dann bestimmt nächstes Mal.«

Sigi und Hardy fiel ein Stein vom Herzen. Leicht war diese Entscheidung nicht gewesen, zu sehr fühlten sich beide zu Renate hingezogen. Dennoch: Wenn es um ihre Freundschaft ging, durfte sich niemand, nicht einmal Renate, dazwischendrängeln.

Schließlich einigte man sich: Nur Sigi, Hardy, Max und Jochen entschieden sich für das Fußballspiel in Ebingen. Die anderen wollten tanzen gehen.

Während die »Tänzer« noch stritten, in welches Tanzlokal man gehen sollte, verabschiedeten sich die anderen vier. Dabei klopften sich Sigi und Hardy gegenseitig auf die Schulter. Nur die beiden wussten, was diese Geste bedeuten sollte: Ihre Freundschaft konnte auch durch eine Frau nicht gestört werden.

## 6

Erschöpft, aber innerlich so aufgewühlt, dass an Ruhe nicht zu denken war, sperrte Konrad seine Haustür auf. War es möglich, in zehn Stunden so viel zu erleben? Immerhin hatte er einen Mann sterben sehen, war als Mörder verhaftet und wieder freigelassen worden, hatte sich mit einer Polizistin zum Joggen verabredet und … hatte seinen Geschäftstermin von heute Nachmittag total vergessen – Mist! Erst jetzt erinnerte er sich wieder an die Besprechung, bei der es um einen neuen Auftrag gegangen wäre. Konrad blickte auf seine Armbanduhr. Jetzt war es zu spät, noch jemanden zu erreichen. Trotzdem machte er automatisch einige Schritte auf das Telefon zu. Erst hier bemerkte er, dass sein Anrufbeantworter ein Gespräch anzeigte. Leicht widerwillig drückte er die Abspieltaste.

Der Anruf kam ihm beinahe wie ein Wunder vor: Es war sein Partner bei der Softwarefirma, der mitteilte, dass der Auftraggeber kurzfristig eine Geschäftsreise in die USA angetreten habe. Deshalb müsse – so leid es ihm tue – die Besprechung um eine Woche verschoben werden. Mit einer übertriebenen Entschuldigung wurde der Anruf beendet. Konrad fiel ein Stein vom Herzen. Gut gelaunt nuschelte er vor sich hin: »Dass sich die Leute auch nicht an Termine halten können …«

Dann machte er es sich auf seinem Sofa bequem. Er wollte den heutigen Tag Revue passieren lassen und wieder zur Ruhe kommen. So lenkte Konrad seine Gedanken zunächst auf andere, schönere Dinge. Er erinnerte sich an die Woche in Dänemark, mit Lena …

Endlich – nach einer mühsamen Termin-Jonglage – hatten sie eine Woche im Juni gefunden, in der sie beide Zeit hatten und in der das gewünschte Ferienhaus verfügbar war. Das Haus befand sich im kleinen Örtchen Mommark auf der Insel Als, in der dänischen Ostsee.

Sie hatten vereinbart, ihre Fahrräder mitzunehmen und sich deshalb entschlossen, getrennt anzureisen. Konrad hatte zwar angedeutet, dass in seinen Citroën auch zwei Räder passten, wenn man sie geschickt übereinanderstapeln würde – Lena jedoch hatte abgewinkt. Für sie wäre es ein Katzensprung von Kiel nach Als. So hatten sich die beiden schlussendlich darauf geeinigt, sich in Skovby auf Als beim Servicebüro ihres Reiseveranstalters zu treffen, dort, wo sie auch den Schlüssel für ihr Haus abholen konnten. Sie hatten sich auf zwei Uhr dort verabredet. Genau das war auch der Zeitpunkt, an dem Konrad die deutsch-dänische Grenze passierte. Er war bis Hamburg noch gut in der Zeit gewesen, hatte auch den Elbtunnel problemlos hinter sich gebracht, danach war es jedoch losgegangen: Zähflüssiger Verkehr, manchmal sogar Stillstand. Und das bis fast an die Grenze. Endlich in Dänemark angekommen, zückte er sein Handy, um Lena anzurufen: »Bist du schon losgefahren?«, fragte er so unbeteiligt wie möglich.

»Machst du Witze, ich bin schon seit einer Viertelstunde in Skovby und warte auf dich.«

»Hattest du denn keinen Stau?«

»Ich bin nicht über die Autobahn gefahren, sondern über Landstraßen. Da war kein Stau.«

»Verstehe. Nun, ich bin jetzt an der Grenze, es kann also noch etwas dauern.«

»Mach dir keinen Stress. Ich habe ein gutes Buch zum Lesen dabei. Bis dann.«

Schon die ersten Meter auf der dänischen Autobahn erstaunten Konrad: Der Stau war wie weggeblasen, es herrschte keine Hektik und niemand drängelte. Vorschriftsmäßig hatte er sein Licht eingeschaltet, was in Dänemark auch bei Tage und hellstem Sonnenschein Pflicht war. Er genoss die entspannte Reise. Bald musste er die Autobahn verlassen, um ostwärts der Insel Als entgegenzufahren. Die Fahrt über die Alssundbrücke war ein einmaliges Erlebnis: In einem leuchtenden Blau hob sich das Wasser der Ostsee von den weißen Häusern der Stadt Sønderborg ab. Einen herrlichen Kontrast hierzu bildeten die bunten Segelboote, die sich grazil über das Wasser bewegten. Nach Skovby waren es nun noch siebzehn Kilometer, die auf der nahezu schnurgeraden Straße schnell zurückgelegt waren.

Schon von Weitem sah er Lenas Wagen. Die Wiedersehensfreude war riesig. Einer innigen Umarmung folgte ein leidenschaftlicher Kuss. Gemeinsam begaben sie sich in das Servicebüro, um den Schlüssel in Empfang zu nehmen. Konrad konnte es sich dabei nicht verkneifen, die junge blonde und blauäugige Dänin zu fragen: »Hat das Haus auch zwei getrennte Schlafzimmer?«

Die junge Frau blickte Konrad verblüfft an. »Was will ein so verliebtes Paar mit getrennten Schlafzimmern?«, schien sie sich zu fragen.

Konrad legte nach: »Uns ist das sehr wichtig!« Die Dänin blätterte einen Katalog durch, um schließlich zu antworten: »Ja, in dem Haus kannst du zwei Schlafzimmer haben – wenn du das brauchst.«

Konrad konnte sich nicht über das in Dänemark übliche Du wundern – zu groß war der Schmerz an seinem Schienbein, der von Lenas gut gezieltem Tritt herrührte. Er winkte der Dänin zu und humpelte hinaus.

»Das war aber ein heftiges Foul«, beschwerte er sich im Freien.

»Geschieht dir recht. Das arme Mädchen so zu verunsichern.«

»Eigentlich wollte ich dich verunsichern.«

»Wenn du nicht anständig bist, brauchen wir wirklich zwei Schlafzimmer.«

»Oh – ab jetzt bin ich lammfromm.«

Das Haus befand sich in einem Feriengebiet in erster Reihe, direkt am Meer. Die zwei verbrachten eine Woche voller Harmonie. Ausgiebige Spaziergänge am Strand wechselten mit ebensolchen Saunagängen im Ferienhaus ab. Sie lebten von Liebe und dem hervorragenden Fisch, den es hier zu kaufen gab. Natürlich kam auch das Radfahren nicht zu kurz.

So führte sie eine Tour zuerst auf die kleine Insel Kegnæs, die nur durch einen schmalen Damm mit der Insel Als verbunden war. Sie ließen die Landschaft auf sich wirken und hielten überall da an, wo es sich zu lohnen schien. So gleich an dem sehenswerten Leuchtturm von Kegnæs, der sich direkt hinter dem Damm stolz achtzehn Meter hoch in den Himmel emporreckte. Der Turm konnte auch bestiegen werden. Es herrschte gute Fernsicht, und so tat sich ihnen ein sehenswerter Blick über die Flensburger Förde hinweg zur deutschen Küste hin auf. Nachdem sie bis zum kleinen Örtchen Sonderby geradelt waren, machten sie kehrt und fuhren zurück nach Als. Dort ging es weiter, immer am Meer entlang, nach Høruphav, einem kleinen Fischerdorf mit großem Jachthafen. Von dort aus war es nicht mehr weit nach Sønderborg, der Hauptstadt der Region.

In der Mittagszeit trieb sie der Hunger in die Fußgängerzone. Auf der Terrasse eines gemütlichen Restaurants machten sie halt. Hier berichtete Lena von ihrer Arbeit als Reporterin bei einer Kieler Tageszeitung. Aktuell recherchierte sie über die illegale Einfuhr von Zigaretten aus Osteuropa: »Es ist zum Teil erschreckend, mit welcher Skrupellosigkeit diese Banden zu Werke gehen. Oft werden ehemalige KGB-Offiziere aus Russland angeworben, die für Geld jeden erdenklichen Auftrag ausführen.«

»Muss ich mir da Sorgen um dich machen?«

»Nein. So nahe komme ich denen nicht. Ich kann nur global berichten, ohne Namen oder Details zu kennen.«

»Das beruhigt mich – zumindest ein wenig. Aber sei trotzdem vorsichtig!«

»Du bist süß«, Lena streichelte Konrad mit dem Handrücken über die Wange. »Es ist sowieso nicht damit zu rechnen, dass die Story so ein Erfolg wird wie die Geschichte letztes Jahr über das verschwundene Nazigold.«

»Es ist auch gar nicht nötig, dass wir uns wieder in solche Gefahren begeben. Die Geschichte hat mir gereicht.«

»Ja«, Lenas Blick wirkte verträumt, als sie das Treiben in der Fußgängerzone beobachtete, »es war schon ungewöhnlich spannend, in was wir da hineingeraten sind. Hast du eigentlich seither keine solchen Abenteuer mehr erlebt?«

»Du meinst kriminalistische Abenteuer …« Konrad stellte sich unwissend.

»Natürlich! Ich denke doch, dass du auf Abenteuer anderer Art verzichtest, seit du mich kennst.«

»Aber klar doch. Ich habe seit letztem Sommer weder kriminalistische noch andere Abenteuer erlebt. Und ich hoffe auch, dass es dabei bleibt – abgesehen von dem Abenteuer mit dir.«

Nach dem Essen radelten die beiden gestärkt weiter. Ihr nächstes Ziel war die Dybbøler Mühle, dem Schauplatz der Schlacht zwischen dem dänischen und preußischen Heer im Jahre 1864. Bei den Kanonen, deren Rohre als Mülleimer zweckentfremdet waren, machten sie halt. Viel mehr jedoch als dieses historische Schlachtfeld faszinierte Konrad der

Ausblick, den man von hier aus genießen konnte. »Eigentlich ist es hier viel zu schön zum Kriegführen«, sagte er zu Lena.

Nach einem nur kurzen Aufenthalt ging es weiter. Jetzt allerdings schlugen sie einen Weg ein, der sie wieder ins Ferienhaus zurückbrachte. Nicht jedoch direkt: Ihre Strecke führte sie zuerst noch in den Blommeskobbel, einem dichten Wald, der an die Ostküste von Als anschloss. In diesem dunklen Forst gab es eine große Ansammlung von Hünengräbern. Lena schüttelte sich voller Unbehagen und drängte darauf, schnell durch den Wald hindurch zum Meer weiterzufahren, wo es bedeutend heller und freundlicher war. Weiter ging es, immer der Küste entlang Richtung Mommark. Plötzlich bremste Lena heftig und deutete auf eine romantisch aussehende Bucht, in der das Wasser besonders klar zu sein schien. »Ich habe Lust auf ein Bad«, rief sie voller Übermut.

Konrad war verdutzt: »Ich habe aber gar keine Badehose dabei ...« Lena war indes schon wieder weitergefahren, auf einem schmalen Pfad, hinab zur Bucht.

»Ich wusste gar nicht, dass du so prüde bist«, wandte sich Lena an Konrad, der langsam nachgekommen war. Sie hatte dabei schon begonnen sich auszuziehen.

»Komm schon«, sprach sie ihm Mut zu, »hier sind sowieso keine Leute.«

Nach wenigen Augenblicken war Lena nackt und auch schon auf dem Weg ins Wasser. Konrad dagegen war noch immer nicht abgestiegen, sondern beobachtete überrascht das Geschehen. Schließlich jedoch ließ er sein Fahrrad in den Sand fallen und entledigte sich ebenfalls der Kleider. Mit einem Freudenschrei sprang er Lena hinterher, todesmutig dem achtzehn Grad kaltem Wasser trotzend.

Nachdem die schon warme Junisonne ihre nasse Haut getrocknet hatte, zogen sie sich wieder an und radelten ausgelassen nach Hause.

Den Abend verbrachten sie bei Kerzenschein vor dem offenen Kamin, in dem Konrad Feuer gemacht hatte. Zuvor hatten sie zusammen gekocht und sich dabei ein köstliches Abendessen zubereitet.

Wie es im Urlaub meistens ist, verging auch hier die Zeit viel zu schnell. Bald schon war es Freitag und die beiden mussten sich langsam mit dem Gedanken beschäftigen, am nächsten Tag abzureisen. Sie taten es jedoch wunderbar erholt und noch viel verliebter als vor einer Woche.

Durch diese Erinnerungen an die Zeit in Dänemark hatte Konrad seine innere Ruhe wiedergefunden. Außerdem war ihm dabei ein Gedanke gekommen: Wenn der Tote wirklich ein Auftragskiller gewesen war, so musste er unbedingt Kontakt mit Lena aufnehmen. Sie konnte ihm in dieser Sache aufgrund ihrer Arbeit bestimmt einiges erzählen.

Mit dieser Idee legte er sich ins Bett, fand jedoch keinen Schlaf. Wie war das noch mal? »Der dunkle Weiße … Nebel Mister … Fußballspiel … Schuss …«

# 7

Der Donnerstag war schon fast zehn Stunden alt, als Konrad aus einer unruhigen Nacht erwachte. Erst in den Morgenstunden war es ihm vergönnt gewesen, einen tiefen, ruhigen Schlaf zu finden.

Als er die roten Leuchtziffern seines Radioweckers anblinzelte, war er unangenehm überrascht, dass es schon so spät war. Es gab doch noch so viel zu tun für ihn! Andererseits hatte er keine Ahnung, wo er überhaupt anfangen sollte. Müde tappte er in die Küche, um sich Kaffee aufzusetzen. Erst nach einer erfrischenden Dusche fühlte er sich besser. Nachdem er Küchenschränke und Kühlschrank erfolglos nach etwas Essbarem durchsucht hatte, entschloss er sich kurzerhand seine Eltern in Ebingen zu besuchen. Bei seiner Mutter gab es immer etwas Leckeres zu essen und außerdem musste er mit seinem Vater über Gerds Problem mit der Jugendmannschaft reden. Zu guter Letzt war es bestimmt keine schlechte Idee, seine Eltern nebenbei zu informieren, dass er gestern festgenommen worden war.

Bevor er das Haus verließ, genoss er den Kaffee und blätterte dabei die Tageszeitung durch. Von dem gestrigen Vorfall war jedoch nichts zu lesen. Das war mehr als seltsam! Im Sportteil dagegen wurde wieder ausführlich über das bevorstehende Spiel FC 07 Albstadt gegen Bayern München berichtet. Auch dem Bike-Marathon, der am Samstag stattfinden sollte, war ein großer Artikel gewidmet.

Das Haus seiner Eltern befand sich in schöner, ruhiger Lage im Raidental in Ebingen unterhalb des Ochsenbergs. Seit ein paar Jahren hatten seine Eltern, nachdem sie den unteren Stock ihres Hauses umgebaut hatten, dort zwei Ferienwohnungen eingerichtet. Das Ganze hatten sie dann »Haus Sonnenberg« genannt. Mittlerweile wurden die Wohnungen gut angenommen und die Landbergs beherbergten nahezu den ganzen Sommer über Gäste.

Ein weithin sichtbares Schild war im Garten aufgestellt: »Ferienwohnungen – Haus Sonnenberg« war darauf zu lesen. Schon am Gartentor vernahm Konrad die ihm so vertrauten Geräusche aus der Küche seiner Mutter. Töpfe und Kochlöffel klapperten – sie war offensichtlich gerade dabei, das Mittagessen zu kochen. Auf dem schmalen Weg, der zum Haus führte, überlegte Konrad, wie er es seinen Eltern wohl am besten beibringen konnte, dass er – zumindest kurzzeitig – als Mörder verhaftet worden war. Er dachte dabei vor allem an seine Mutter, die er nicht unnötig aufregen wollte. Plötzlich tauchte sein Vater hinter einem der Buchsbüsche auf, die den Weg säumten. Er war damit beschäftigt, das Unkraut zwischen den Büschen zu entfernen. Sobald er seinen Sohn wahrnahm, verzog sich sein Gesicht zu einem Grinsen: »Haben sie dich freigelassen oder bist du getürmt?«, rief er Konrad entgegen.

»Woher weißt du von dieser Geschichte schon wieder?« Konrad war überrascht. Er wusste zwar, dass sein Vater erstaunliche Kanäle hatte, um an Informationen zu kommen, dass diese aber bis zur Polizei reichten, damit hatte er nicht gerechnet.

»Meine Augen und Ohren sind überall. Ich dachte schon, ich sehe dich im nächsten ›XY‹ …«

»Vater!«

»Keine Angst, es war nur ein Scherz. Jetzt komm erst mal ins Haus – du siehst ganz abgemagert aus. Kein Wunder, wenn man nur Wasser und Brot bekommt.« Martin Landberg kicherte, als er voranschritt.

In der Küche war Konrads Mutter in der Tat damit beschäftigt, das Mittagessen zuzubereiten. Sie freute sich sehr ihren Sohn zu sehen und sagte sogleich: »Konrad, schön, dich zu sehen. Du isst doch mit. Es gibt Maultaschen mit Kartoffelsalat. Oder hast du keinen Hunger?«

»Nun, wie soll ich sagen? Ein gewisser Appetit ist tatsächlich vorhanden …«

»Er meint, dass er Hunger wie ein Stier hat«, warf Martin dazwischen. »Aber jetzt setz dich erst mal und erzähle uns deine Geschichte. Du musst wissen, ich habe Mutter noch nichts von der Sache erzählt.«

»Welche Sache?«, fragte Konrads Mutter schnell.

»Na, dass Konrad gestern verhaftet wurde!«

»Was!«

»Rege dich nicht auf, Hannelore, er wurde ja wieder entlassen, wie du siehst.«

Jetzt meldete sich Konrad wieder zu Wort: »Woher weißt du eigentlich davon?«

»Na, vom Brunnen-Lorenz. Der war gestern mal wieder auf der Polizei, um eine Anzeige zu machen. Dabei hat er dich gesehen, als du gerade, mit Handschellen gefesselt, hereingebracht wurdest.«

»Der Brunnen-Lorenz – jetzt ist mir alles klar.«

Brunnen-Lorenz war der Spitzname eines Mannes, von dem Konrad schon in früher Kindheit gehört hatte. Seinen richtigen Namen kannte er nicht einmal. Der Spitzname rührte daher, dass der Mann eines Tages damit begonnen hatte, ein Loch in seinem Garten auszuheben. Trotz aller Nachfragen war nicht aus ihm herauszubekommen, was er damit bezweckte. Auch deshalb wurden die Spekulationen umso abenteuerlicher, je tiefer das Loch wurde. Wollte er eine Leiche verscharren oder nach Öl bohren? Vielleicht wollte er ja auch nach einem Goldschatz aus dem Zweiten Weltkrieg graben. Schließlich einigten sich Nachbarn und Bekannte darauf, dass er wohl einen Brunnen ausheben wollte. Von damals an also hatte der Mann seinen Spitznamen weg, wobei die Herkunft des »Lorenz« noch immer nicht eindeutig geklärt war. Ab dieser Zeit war der Brunnen-Lorenz immer komischer geworden, wie sich die Leute vorsichtig ausdrückten. Er begann damit, mit den Nachbarn Streit anzufangen und diese bei der Polizei anzuzeigen. Bisher war jedoch nie eine Straftat nachzuweisen gewesen, so auch gestern nicht, als er bei der Polizei behauptet hatte, sein Nachbar habe die Reifen an seinem Auto umgewechselt. Nämlich die beiden von vorne nach hinten und umgekehrt. Natürlich kannten die Beamten den Brunnen-Lorenz. Schon lange hatten sie die Taktik gewählt, die Anzeige aufzunehmen, weiter aber nichts zu unternehmen. Damit war der Brunnen-Lorenz zufrieden und die Beamten hatten wieder zwei bis drei Monate Ruhe vor ihm.

Bei seinem gestrigen Besuch im Polizeirevier also hatte er Konrad gesehen und sogleich Martin Landberg aufgesucht.

Martin berichtete: »Gestern also, es war schon gegen Abend, kam der Brunnen-Lorenz vorbei. Ich war gerade im Garten beschäftigt. Er warf sich ins Zeug und erzählte in einer Lautstärke, dass es fast jeder in Ebingen hören konnte, dass man dich verhaftet habe. Er vermutete, du wärst ein Terrorverdächtiger und man würde dich nach Guantanamo bringen.«

»So ein …«, platzte Konrad hervor, während seine Mutter nur die Hand vor den Mund hob und tief einatmete.

»Nur die Ruhe«, beschwichtigte Martin, »ich hab ihm gesagt, dass man im Polizeirevier gerade einen Film drehen würde und dass Konrad eine kleine Nebenrolle bekommen hätte.«

»Vater! Das ist doch wieder einmal typisch von dir. Der Brunnen-Lorenz glaubt das doch glatt.«

»Natürlich glaubt er das. Außerdem habe ich ihm gesagt, dass morgen – also heute – Mario Adorf einen Gastauftritt hat.«

Jetzt musste Konrad lachen. Auch seine Mutter entspannte sich wieder. Aber nur kurz, denn ihr fiel ein, dass ihr Sohn ja wirklich verhaftet worden war und dass dies absolut nichts mit einem Film zu tun hatte. Konrad kannte seine Mutter gut. Also begann er vom gestrigen Tag zu erzählen. In allen Einzelheiten berichtete er von seinen Erlebnissen. Dieses Mal war es bei seiner Mutter mit einem tiefen Einatmen nicht getan. Immer wieder stöhnte sie laut auf. Martin dagegen hörte ruhig, aber gespannt zu. Als sein Sohn schließlich geendet hatte, schüttelte er ungläubig den Kopf: »Junge, Junge! In was du immer hineingerätst …«

»Zum Glück hat die Polizei ihren Fehler eingesehen und dich wieder freigelassen«, warf Hannelore ein. »Am besten bleibst du jetzt ein paar Tage zu Hause, bis die Polizei den wahren Mörder gefunden hat.«

»Da kennst du deinen Sohn aber schlecht.« Vater Landberg grinste. »Der und zu Hause bleiben. Wie ich Konrad kenne, macht er sich jetzt selbst auf die Suche nach dem Täter.«

»Nun«, Konrad wirkte nachdenklich, »ganz passiv werde ich mich allerdings nicht verhalten. Ich weiß nur nicht, wo ich suchen soll.«

»Siehst du, darum ist es besser, die Sache der Polizei zu überlassen.« Hannelore Landberg nickte heftig mit dem Kopf, um ihren Worten mehr Gewicht zu verleihen.

Konrad schien seine Mutter nicht zu hören oder nicht hören zu wollen. Er wandte sich dagegen wieder an seinen Vater: »Übrigens, Vater, du hast erfahren, dass ich verhaftet wurde, und hast dich nicht um die Sache gekümmert …«

»Moment, so war es nicht. Deine Schwester hat angerufen, dabei habe ich nebenbei erfahren, dass sich ihr Mann gerade mit dir trifft. Da war die Sache für mich klar. Außerdem gehe ich davon aus, dass du mich verständigt hättest, wenn sie dich nicht freigelassen hätten.«

»Da hast du natürlich recht.«

»Wie auch immer – wenn ich dir irgendwie helfen kann, brauchst du es nur zu sagen«, schloss Martin Landberg, ehe eine kurze Gesprächspause eintrat, in der jeder der drei seinen Gedanken nachhing.

»Jetzt werde ich fertigkochen!« Konrads Mutter war die Erste, die wieder das Wort ergriff.

»Ein guter Gedanke«, gab ihr Mann zurück. »Du weißt ja: So, wie ma schaffed, so isst ma au! Und i han an Sauhunger …«

Als sich seine Mutter wieder am Herd zu schaffen machte, wandte sich Konrad erneut an seinen Vater: »Du kannst mir wirklich helfen, aber in einer ganz anderen Sache.« Er berichtete von Gerds Problem mit den Eintrittskarten für das Bayern-Spiel.

Wieder hörte Martin Landberg kommentarlos zu, um, nachdem Konrad geendet hatte, laut aufzubrausen: »Das gibt's ja gar nicht! Nur fünf Karten für eine ganze Mannschaft. Aber warte – nach dem Essen werde ich gleich telefonieren. Ich kenne da einige Leute, mit denen ich auf der Schule war.«

»Super! Da wird sich Gerd freuen. Er macht sich immer gleich solche Gedanken.«

»Ja, ich weiß. Wie gesagt: Nach dem Essen …«

Die Maultaschen schmeckten vorzüglich und Konrad aß mehr, als es für die bevorstehende Joggingrunde mit Frau Berger gut war. Er hatte sich gerade von seinen Eltern verabschiedet, als ihm – bereits unter der Haustür stehend – das Schild in den Blick kam, welches neben der Klingel befestigt war. Mit großen, schwarzen Druckbuchstaben stand dort geschrieben: »Landberg«. Sofort erinnerte sich Konrad an den Zettel, den die Polizei bei dem Toten gefunden hatte. Gedanken rasten durch seinen Kopf. Mehr aus Instinkt fragte er seinen Vater: »Seid ihr eigentlich ausgebucht?«

Martin zog sein Kinn nach oben und winkte gleichzeitig mit der rechte Hand ab: »Sei mir still! Der Ochs – hätte ich beinahe gesagt.«

»Vater!«

»Na ja, wir hatten eine Reservierung von Mittwoch bis Sonntag. Irgendein Typ aus Österreich, der Sprache nach zu urteilen. Er hatte sich nämlich telefonisch angemeldet.«

»Und – wo ist er?«

»Er ist einfach nicht gekommen. Ohne abzusagen – der Knecht. Jetzt steht die Wohnung leer. Ist ja klar, so kurzfristig bekommt man schwer neue Gäste. Warum fragst du eigentlich, willst du bei uns einziehen?«

»Ach, nur so. Ich muss jetzt weiter – Tschüss.«

»Das glaubst du ja selbst nicht, dass du nur so fragst. Ebenfalls tschüss.«

Natürlich hatte sein Vater recht, aber Konrad hatte jetzt keine Zeit. Ihn bewegte nur ein Gedanke: Er musste herausfinden, ob der Ermordete Österreicher gewesen war!

## 8

Auf die Minute genau gelang es Konrad, den vereinbarten Treffpunkt in der Ebinger Innenstadt zu erreichen. Schon auf der kurzen Fahrt dorthin hatte er sich überlegt, ob Frau Berger wirklich kommen würde oder ob ihre Zusage doch eher dem gestrigen Weizenbier zuzuschreiben war. Exakt fünfzehn Minuten wollte er ihr Zeit geben und so lange einen Espresso trinken. Doch seine ganzen Überlegungen wurden mit einem Blick über den Haufen geworfen: Da stand sie, vor dem Schaufenster eines Zeitungsverlages, offenbar darauf konzentriert, die neuesten Schlagzeilen der Tagespresse zu lesen.

Auch wenn er nicht nach ihr Ausschau gehalten hätte, Frau Berger wäre ihm auch so sofort aufgefallen. Sie trug ein pinkfarbenes enges Sportshirt sowie eine helle dreiviertellange Jogginghose. Durch diese äußerst weibliche Kleidung wurden die harten Züge der Polizistin in den Hintergrund gedrängt. Konrad sah an sich hinunter. Mit seiner kurzen Sporthose, die schon so manches Fußballtraining überstanden hatte und seinem ebenfalls nicht mehr ganz neuen T-Shirt mit der Aufschrift »Es kann nur einen geben …« kam er sich plötzlich deplatziert vor.

Frau Berger musste sein Spiegelbild im Schaufenster gesehen haben, denn unerwartet schnell drehte sie sich, um Konrad zu begrüßen: »Herr Landberg – auf die Minute pünktlich. Und ich dachte schon, Sie würden vielleicht gar nicht erscheinen.«

»Sie meinen, ich hätte wegen des Biergenusses unsere Verabredung vergessen. Niemals! Außerdem hätte ich Sie dann in Ihrer Freizeitkleidung verpasst. Sie sehen äußerst sportlich aus.«

»Beinahe hätte ich mich verspätet. Ich hatte heute Vormittag Dienst auf dem Revier und wollte gerade gehen, als so ein Verrückter hereingestürmt kam und wild schnaubend rief, er verlasse das Revier nur, wenn er ein Autogramm von Mario Adorf bekommen würde. Er hatte bereits mehrere Kollegen bestürmt.«

Konrad musste an sich halten, um nicht laut hinauszulachen. »Auf was die Leute heutzutage alles kommen …«, sagte er kopfschüttelnd.

»Tja. Wir haben ihm dann klargemacht, dass wir bei der Polizei sind und nicht beim Film. Übrigens: Danke für das Kompliment! Es freut mich, dass Ihnen mein Outfit gefällt. Eigentlich jedoch will ich nur Sport treiben – laufen und zwar mindestens zehn Kilometer mit richtig heftigen Steigungen.«

»So …« Konrad kratzte sich am Kopf. »Jetzt muss ich wohl umdisponieren.«

»Ach, Sie wollten lieber wieder im Straßencafé ein kühles Bier trinken?«

»Nein, nein – ich hatte mir nur eine andere Strecke überlegt. Eben und nicht so weit.«

»Hm …«

»Ja. Ich dachte, wir fahren aufs Waldheim, dort hinauf beim Schlossfelsenturm.« Konrad zeigte auf den weißen Aussichtsturm, der hoch oben über Ebingen die Stadt zu bewachen schien. »Dort gibt es ein Wildschweingehege und herrliche Wege durch den Wald.«

»Mit solchen Spezies habe ich in meinem Beruf genug zu tun.«

»Eine Alternative wäre die ›Finnenbahn‹ beim Tailfinger Schützenhaus. Es ist ein Jogging- oder Walking-Rundweg mit geringen Steigungen, zirka zwei Kilometer lang, mit einem gelenkschonenden Untergrund.«

»Etwas Steileres haben Sie nicht? Meine Gelenke sind im Übrigen noch ganz in Ordnung.«

»Nicht nur die Gelenke«, dachte Konrad und sagte: »Lassen Sie mich kurz überlegen …« Er blickte sich um, als ob in der Ebinger Fußgängerzone die Lösung zu finden wäre. Schon nach kurzer Zeit ergriff er wieder das Wort: »Ich hab's! Kommen Sie, da hinten steht mein Auto.«

»Sie wollen Auto fahren, anstatt zu joggen?«, fragte Frau Berger spitzbübisch.

»Nur eine kurze Strecke. Wir fahren ins schöne Margrethausen.«

In der Ortsmitte von Margrethausen – einem weiteren Stadtteil von Albstadt mit einer ansehnlichen Klosterkirche – bog Konrad nach links von der Hauptstraße ab. Es ging Richtung Sportgelände, welches rund fünfhundert Meter vom Ortsrand entfernt im so genannten Käsental lag. Konrad stellte seinen Wagen auf einem kleinen Wanderparkplatz in unmittelbarer Nähe eines recht großen Gebäudes mit schön angelegtem Außenbereich inklusive Grillstelle, Tischtennisplatte, Fußball- und Basketballplatz ab. Das Gebäude sowie das dazugehörige großzügige Außengelände konnte von Jugendverbänden und Vereinen gemietet werden. In den Sommermonaten gab es fast keinen Tag, an dem das Freizeithaus nicht belegt war. So auch jetzt. Man hörte ausgelassene Kinderstimmen, die vermutlich einen sportlichen Wettkampf, der gerade im Gange war, begleiteten.

Vom Parkplatz führte ein geschotterter Weg zum Sportplatz der TSG Margrethausen hinauf. Dort zweigte er nach rechts ab, der Beginn von Konrads selbsternannter Joggingstrecke.

Schon beim Aussteigen hatte sich der Gesichtsausdruck von Frau Berger geändert. Die Skepsis war einer Begeisterung für die Landschaft gewichen. Sie atmete tief durch: »Welch ein herrlicher Fleck«, sagte sie anerkennend. »Und diese eigentümliche Ruhe, trotz der Kinder. Herr Landberg, ich denke, Sie haben eine gute Entscheidung getroffen.«

»Warten Sie ab, es wird noch besser.«

Bei der besagten Abzweigung angekommen fragte Konrad erwartungsfroh: »Sind Sie bereit?«

»Moment noch.« Frau Berger machte sich an ihren Schuhen zu schaffen. Sie befestigte ein kleines Teil an den Schnürsenkeln ihres rechten Schuhs. Danach drückte sie zwei Knöpfe an ihrer viel zu großen Armbanduhr. »So, jetzt kann es losgehen.«

»Ist das ein Kompass?«, fragte Konrad interessiert.

»Ich glaube, ein Kompass ist auch dabei. Genau weiß ich es allerdings nicht. Was mir wichtig ist, ist der Kilometerzähler.«

»Kilo … was?«

»Ja, Sie haben schon richtig gehört. Das ist ein Kilometerzähler, Höhenmesser und was weiß ich noch alles. Über Funk wird die Schrittzahl vom Schuh zur Uhr übertragen und dort umgerechnet.«

»Interessant. Sie nehmen es sehr genau mit den zehn Kilometern.«

»Das ist nur eine Überprüfung für mich. Ich möchte sehen, wie viel ich gelaufen bin und in welcher Zeit. Damit kann ich erkennen, ob ich mich gegenüber dem letzten Mal gesteigert habe.«

»Na, wenn das so ist – los geht's.«

Die ersten Meter führten über einen breiten Schotterweg unterhalb des Waldes aus dem Käsental hinaus. Weder ein Baum noch ein Strauch spendeten hier Schatten. Die Sonne brannte erbarmungslos auf den staubigen Pfad. Konrad musste sich zuerst daran gewöhnen, nicht allein zu joggen. Er hatte das Gefühl, Frau Berger irgendwie unterhalten zu müssen, ihm fiel aber kein passendes Gesprächsthema ein. »Bald kommen wir in den Wald«, bemerkte er schließlich. »Da ist es schattiger.«

»Kein Problem«, entgegnete die Polizistin mit einem zufriedenen Lächeln.

In der Tat führte der Weg bald in den Wald hinein, wo sich die drückende Hitze alsbald in eine angenehme Frische verwandelte. Allerdings änderte sich der bisher ebene Weg auch schnell in eine ansehnliche Steigung. »Rohrbachweg« war auf einem Holzschild zu lesen. Doch schon nach wenigen hundert Metern war die Steigung überwunden und der Weg wurde wieder nahezu eben.

»Da unten«, Konrad deutete durch die Bäume hinunter ins Tal, »liegt Margrethausen. Schön – gell?«

»Wunderschön«, gab Frau Berger zurück, jetzt schon leicht außer Atem. »Sie können sich glücklich schätzen, in so einer tollen Gegend zu wohnen.«

Konrad nickte zustimmend. Viel mehr sagen konnte er im Moment auch nicht, da er gerade mit einer kleinen Schwächeperiode zu kämpfen hatte, Frau Berger aber nichts davon bemerken sollte. Dennoch konnte er seinen schweren Atem nicht ganz unterdrücken.

»Alles in Ordnung?«, erkundigte sich seine Jogging-Partnerin.

»Ja, klar doch. Ich mache nur Entspannungsübungen.«

»So etwas dachte ich mir schon.«

Weiter ging es im Halbschatten. Immer wieder blitzte das Sonnenlicht durch die Bäume.

»Jetzt haben wir genau vier Kilometer.« Frau Berger sah von ihrer Uhr auf.

»Es kommt mir vor wie vierzig«, schnaufte Konrad, obwohl er seine kleine Krise nahezu überwunden hatte.

Die Strecke führte jetzt aus dem Wald hinaus. Rechts unten lagen, sanft ins Tal eingebettet, die Häuser einer weiteren Ortschaft, während links hinauf eine breite Schneise in den Wald geschlagen war.

Konrad erklärte: »Unten rechts liegt Pfeffingen, auch ein Ortsteil von Albstadt. Da wohnt übrigens mein Schwager Gerd, den Sie gestern Abend kurz kennengelernt haben.«

»Der, der so überraschend aufbrechen musste?«

Konrad überhörte den Spott in der Stimme der Polizistin.

»Ja, genau der. Im Übrigen befinden wir uns gerade mitten auf dem Skihang von Pfeffingen. Der Lift führt von unten, nahezu aus der Ortsmitte, hier herauf. Natürlich nur im Winter.«

»Ach … Ich dachte schon, wir müssen jetzt heranrauschenden Skifahrern ausweichen.«

Konrad schmunzelte, ehe er seine Ausführungen fortsetzte: »Da oben«, er zeigte mit dem Finger auf den steilen, gerodeten Hang, »befindet sich eine Skisprungschanze …«

»Fahren Sie eigentlich auch Ski?«, unterbrach Frau Berger etwas abrupt.

»Nur im Winter«, entgegnete Konrad, um, ohne eine Reaktion abzuwarten, fortzufahren: »Und gleich kommen wir am Festplatz von Pfeffingen vorbei. Hier veranstalten die einheimischen Vereine ihre Waldfeste.«

»Nur im Sommer, nehme ich an.«

»Äh – ja.«

Als sie den besagten Festplatz hinter sich gelassen hatten, bog Konrad scharf nach links auf ein grob geteertes Sträßchen ab.

»Jetzt geht's los«, sagte er. »Die Burgfelder Steige! Ich hoffe, sie ist steil genug.«

»Es kann gar nicht steil genug sein …«

Hier allerdings sollte sich Frau Berger täuschen. Denn nach gut zwei Dritteln der zirka fünfhundert Meter langen Steigung hielt sie an und beugte sich, wild schnaubend, die Hände auf ihre Knie gestützt, nach vorne.

»Welches Glück«, dachte Konrad. Weiter hätte auch er es nicht geschafft.

»Kein Problem«, sagte er gönnerhaft. »Wir machen eine kleine Pause.« Dabei unterdrückte er einen aufkommenden Brechreiz. Nur mit Mühe gelang es ihm, aufrecht zu bleiben.

»Es geht schon wieder. Ich fürchte nur, dass wir das letzte Stück nach oben gehen müssen.«

»Aber klar doch!« Konrad verspürte den Wunsch, sich auf den Boden fallen zu lassen. »Es ist halt schon extrem steil …«

Frau Berger bemerkte seinen spöttischen Unterton und sah ihn scharf an. Konrad fühlte sich sofort ertappt und bemühte sich rasch das Thema zu wechseln: »Übrigens führt auch die Strecke beim Albstädter Bike-Marathon hier hinauf. Es ist schon sehr beeindruckend, mit welchem Tempo die Besten diese Steigung meistern.«

Frau Berger nickte. Langsam verschwand ihre Erschöpfung und ihr Atem begann sich zu normalisieren. Ihr Blick schweifte hinunter, auf das malerische Pfeffingen, das sich von Sonnenstrahlen überzogen in das junge Tal der Eyach schmiegte.

»Ich muss es nochmals sagen: Eine wirklich tolle Gegend haben Sie hier«, wandte sie sich an Konrad und, ohne eine Antwort abzuwarten, fuhr sie fort: »Aber jetzt genug geredet. Weiter geht's …«

»Genau«, gab dieser zurück. »Wir sind ja nicht zum Vergnügen hier.«

Die letzten Meter der Burgfelder Steige wurden in einem gemächlichen Tempo zurückgelegt. Oben angekommen erhöhten die beiden ihre Geschwindigkeit. Auf dem breiten

Forstweg ging es im Laufschritt auf das Örtchen Burgfelden, den höchstgelegenen Albstädter Stadtteil, zu. Die ersten Häuser des Dorfes waren noch nicht erreicht, als Konrad seine Schritte verlangsamte und nach links deutete: »Dort geht es nach unten, zurück ins Käsental. Was sagt eigentlich Ihr Kilometerzähler?«

»Ziemlich genau sechs Kilometer«, antwortete Frau Berger nach einem Blick auf ihre Uhr.

»Hm. Wenn Sie noch können, dann machen wir einen Abstecher nach Burgfelden hinein und weiter zum Böllat.«

»Zu wem?«

»Böllat. So heißt der Berg hinter Burgfelden, direkt am Albtrauf. Er fällt nach zwei Seiten schroff ab. Ich dachte, wenn Ihnen vorher die Aussicht nach Pfeffingen hinunter schon gefallen hat, wird Sie der Blick vom Böllat faszinieren.«

»Das klingt vielversprechend.«

»Also – auf den Böllat.«

Vorbei an der alten St.-Michaels-Kirche ging es durch den Ort und weiter auf den Böllat zu. Das Gebäude aus dem 11. Jahrhundert beeindruckte Frau Berger sehr.

»Ursprünglich ist die Kirche sogar noch älter. Man vermutet, dass sie aus der Zeit um 700 stammt«, erklärte Konrad im Vorüberlaufen.

Wenige hundert Meter hinter dem Ort erreichten die beiden den Böllat. Wie Konrad beschrieben hatte, fiel der Berg nach zwei Seiten nahezu senkrecht ab. Der Ausblick auf das Umland war grandios. Ganz vorne, nur wenige Meter vom Abgrund entfernt, standen zwei Ruhebänke. Eine davon war von zwei Frauen belegt, die in ein ernstes Gespräch vertieft waren und von Konrad und Frau Berger keine Notiz nahmen. Sie nahmen auf der freien Bank Platz.

»Sie haben nicht zu viel versprochen«, sagte die Polizistin, nachdem sie in alle Richtungen geschaut hatte. »Die Aussicht ist wirklich umwerfend.«

»Es freut mich, wenn es Ihnen gefällt. Schauen Sie!«, Konrad deutete nach rechts. »Hier, nördlich also, liegt Tübingen und noch viel weiter Stuttgart. Da unten im Tal sind die Dörfer Streichen und Zillhausen. Geradeaus, östlich, liegt der Schwarzwald, davor Balingen. Der Flecken gleich unter uns heißt Stockenhausen. Richtung Süden«, Konrad deutete nach links, »kann man bei guter Fernsicht die Alpen sehen.«

»Fantastisch! Ich meine wirklich, hohe Gipfel zu erkennen. Und was ist das für ein romantisches Anwesen da gleich unten?«

»Das ist der Wannental-Hof, ein beliebtes Ausflugsziel. Dort rennen die Kaninchen frei herum und manches lässt sich gerne streicheln.«

»Das ist ja toll! Da will ich auch mal hin.«

Konrad lächelte. Er lehnte sich zurück und schloss die Augen. Doch seine Entspannung dauerte nur wenige Sekunden. Durch einen schrillen Schrei wurde er fast zu Tode erschreckt. Von hinten hatten sich unbemerkt zwei Personen genähert. Es handelte sich dabei um das Rentnerehepaar, welches Konrad schon gestern bei dem Sterbenden überrascht hatte.

»Der Mörder!«, kreischte die Frau und zeigte mit dem Finger auf Konrad. Jetzt unterbrachen sogar die beiden Frauen auf der Nachbarbank ihre Unterhaltung. Sie rutschten unwillkürlich einen halben Meter auf der Bank nach links.

Konrad war zu überrascht, um etwas entgegnen zu können. Schon fuchtelte der Rentner wieder mit dem Spazierstock in seine Richtung. Da erhob sich Frau Berger, um energisch auf die beiden Alten zuzugehen. »Berger, Kripo Albstadt. Ich denke, Sie kennen mich von gestern.«

»Ja, natürlich«, antwortete der Mann, sichtlich verblüfft. »Die Kommissarin.«

»Genau. Und zu Ihrer Information. Die Unschuld dieses Mannes ist bewiesen. Sie haben kein Recht, ihn in der Öffentlichkeit zu beschuldigen. Sonst machen Sie sich der Verleumdung schuldig. Außerdem hat man Sie doch angewiesen, absolutes Stillschweigen zu halten. Oder haben Sie vielleicht etwas weitererzählt?«

»Äh …«, die Frau wandte ihren Kopf verlegen zur Seite. »Ich habe es nur Else und Käthe erzählt. Und Helga natürlich …«

»Hören Sie. Sie müssen sich an die Vorgaben der Polizei halten. Ist Ihnen das klar?«

»Schon. Es war ja nur …«

»Bitte!« Frau Bergers Ton war nun mehr als scharf.

»Ja. Wir müssen dann weiter«, sagte der Mann kleinlaut. »Guten Tag miteinander.«

Erst nachdem sich die beiden eine gute Strecke entfernt hatten, setzte sich die Polizistin wieder neben Konrad auf die Bank.

»Danke«, sagte dieser.

»Schon in Ordnung. Wobei ich übertrieben habe. Ganz so eindeutig ist Ihre Unschuld nicht bewiesen.«

»Was?«

»Na ja, da gibt es schon noch einige Ungereimtheiten. Der Zettel mit Ihrem Namen zum Beispiel.«

»Der Zettel – richtig.« Konrad hielt jetzt den Augenblick für geeignet, mit Frau Berger über den Zettel und sonstige Dinge zu reden. »Da hätte ich noch etwas für Sie …« Er drehte seinen Kopf zur Seite, um sicherzugehen, dass die beiden Frauen nicht zuhörten. Zu seiner Überraschung stellte er fest, dass die beiden gar nicht mehr da waren. Er blickte Richtung Burgfelden und sah gerade noch, wie sie sich schnellen Schrittes entfernten. Er zuckte mit den Achseln. »Machen sich einfach aus dem Staub, nur weil ein Massenmörder neben ihnen sitzt …«

Frau Berger musste lachen. »Was haben Sie denn eigentlich für mich?«, fragte sie schließlich, noch immer schmunzelnd.

»Nun«, Konrad kratzte sich am Kopf, »den Zettel, den Sie gerade angesprochen haben. Ich hätte da vielleicht eine Erklärung.«

»Und die wäre?« Der entspannte Gesichtsausdruck von Frau Berger hatte sich mit einem Mal verdunkelt. Ihre Blicke bohrten sich gespannt, ja fast düster, in Konrads Augen.

»Ich will es Ihnen erklären: Meine Eltern vermieten Ferienwohnungen in Ebingen. Gerade vorhin hat mir mein Vater erzählt, dass ein Gast, der eine Wohnung telefonisch reserviert hatte, einfach nicht erschienen ist. Er hatte einen österreichischen Akzent.« Konrad legte eine kurze Pause ein, bevor er fragte: »War der Tote Österreicher?«

Frau Berger schien zuerst nicht zu begreifen, auf was Konrad hinauswollte. Schließlich jedoch stieß sie hervor: »Sie meinen, der Tote war der Feriengast Ihrer Eltern!«

»Richtig.«

»Und den Zettel hatte er bei sich, weil es der Name seines Vermieters war.«

»Richtig.«

»Der Name Ihres Vaters.«

»Richtig.«

Jetzt kratzte sich Frau Berger am Kopf. »Denkbar wäre es – oder aber: Sie starten gerade einen grandiosen Versuch, mich auf eine falsche Fährte zu führen.«

»Aber Frau Berger, ich bitte Sie. Und – war er Österreicher?«

»Sie wissen doch sicher, dass ich Ihnen keine Auskunft erteilen darf.«

»Sie müssen es mir ja nicht sagen. Sie brauchen nur laut zu denken.« Bei diesen Worten setzte Konrad seinen »Was-für-ein-toller-Hecht-Blick« auf und lächelte sein süßestes Lächeln.

Solch einer Charmeoffensive konnte die Polizistin nicht widerstehen. Kopfschüttelnd wandte sie Konrad den Rücken zu und begann laut zu denken: »Von dem Toten ist bekannt, dass er mehrere Identitäten angenommen hat. Ursprünglich jedoch scheint er aus Österreich, genauer aus Salzburg, zu stammen.«

»Ich habe es doch gewusst!«, rief Konrad aus. Dabei war er aufgesprungen. »Jetzt ergibt der Zettel endlich einen Sinn.

Er hat sich den Namen notiert, weil er eine Ferienwohnung bei meinen Eltern gemietet hatte.«

»Möglich ...« Frau Berger schien immer noch nicht überzeugt zu sein.

»Aber klar doch! Fragt sich nur noch, was er gestern im Wald gesucht hat und wer sein Mörder ist.«

Eine Zeit lang hingen beide ihren Gedanken nach. Schließlich brach Konrad das Schweigen: »Laufen wir weiter, was meinen Sie?«

»Wie ...« Die Polizistin schien aus einem Tiefschlaf zu erwachen. »Ach ja. Wir können gerne weiter – wobei man sich von diesem Ort nur schwer losreißen kann. Es ist einfach herrlich hier.«

Im Laufschritt ging es auf demselben Weg zurück; durch Burgfelden hindurch zu der Abzweigung, die ins Käsental und nach Margrethausen hinunter führte. Die Strecke war hier so steil, dass die beiden ihr Tempo drosselten, um die Steigung hinter sich zu bringen. Erst als sich der Weg gabelte und etwas flacher wurde, begannen sie wieder zu joggen. Sie nahmen die linke Abzweigung und spürten schon nach wenigen Metern die wohltuende Ruhe des Käsentals, welches hier begann. Die Bäume boten einen angenehmen Schutz vor der Sonne; das Sträßchen führte leicht bergab. Die besten Voraussetzungen, um die letzten Kilometer ohne allzu große Anstrengung hinter sich zu bringen.

Schon bald war das Freizeithaus zu sehen und schließlich erreichten sie den Parkplatz, auf dem Konrads Auto abgestellt war.

»Eine Superrunde!«, lobte Frau Berger.

»Danke. Wie viele Kilometer waren es denn letztendlich?«

»Moment.« Frau Berger drückte einen Knopf an ihrer Uhr und antwortete: »Exakt 10,2 Kilometer.«

»Sehen Sie.« Konrad war selbst ein wenig überrascht, die Strecke so genau eingeschätzt zu haben. »Sie wollten doch mindestens zehn Kilometer laufen. Und die Steigungen waren auch nicht ganz ohne.«

»Allerdings – wirklich perfekt organisiert.«

»Wenn Sie das nächste Mal 13,721 Kilometer laufen wollen, lassen Sie es mich fünf Minuten vorher wissen. Ich finde dann bestimmt etwas Passendes.«

»Wirklich?« Es dauerte einige Sekunden, bis Frau Berger die Ironie in Konrads Stimme registriert hatte. »Aber Herr Landberg. Veräppeln Sie mich nicht.«

»Veräppeln? Nie und nimmer. Wollen wir uns noch ein wenig auf die Bank setzen? Konrad deutete auf eine Sitzgelegenheit in der Nähe des Parkplatzes an der Auffahrt zum Sportplatz.

»Gerne.«

Eine Zeit lang redete niemand. Sie genossen die warmen Sonnenstrahlen, die ihre vom Schweiß nasse Haut behutsam trocknete. Endlich ergriff Konrad das Wort: »Wenn Sie wissen, dass der Tote Österreicher war, was wissen Sie denn sonst noch über ihn?«

»Wissen sollten Sie, dass ich Ihnen nichts erzählen darf.«

»Schon – aber das mit dem laut Denken vorhin hat doch prima funktioniert.«

Frau Berger verzog ihr Gesicht zu einem breiten Lachen. »Sie sind unverbesserlich, Herr Landberg. Ich denke ja auch, dass Sie nichts mit dem Mord zu tun haben, aber mein Vorgesetzter, Kommissar Langner, ist sich da nicht sicher.«

Sie machte eine Pause. »Gut, ich erzähle Ihnen, was wir über den Toten wissen: Gebürtig in Österreich, benutzte er mindestens noch drei weitere Pässe: zwei deutsche und einen schweizerischen. Er ist, beziehungsweise war, ein gesuchter Auftragskiller, dem mit Sicherheit vier Morde nachgewiesen werden können. In Wirklichkeit aber hat er wahrscheinlich viel mehr auf dem Kerbholz. Er tötete mit Pistole oder Gewehr. Seine Spezialität jedoch waren Sprengstoffattentate. Leider wissen wir hier am wenigsten über ihn.«

»Sprengstoff ...« Durch Konrads Gehirn jagten wilde Gedanken, die in ein- und derselben Schlussfolgerung mündeten: »Ein Attentat beim Bayern-Spiel ist geplant!«, stieß er beinahe verzweifelt aus.

Die Polizistin warf einen eigentümlichen Blick auf Konrad. »Genau der Gedanke ist meinem Chef auch gekommen. Nach eingehender Prüfung jedoch wurde er wieder fallengelassen.«

»Weswegen?«

»Hauptsächlich aus folgendem Grund: Wenn überhaupt eine Gefahr bestanden hätte, dann ist sie jetzt gebannt. Der Attentäter ist tot.«

Konrad hielt, nach vorne gebeugt, sein Kinn mit drei Fingern fest. »Irgendetwas passt hier nicht zusammen – das spüre ich. Ganz zu schweigen von der Aussage, dass es keine Gefahr für das Spiel gibt. Zumal ...«

Frau Berger blickte Konrad tief in die Augen, als sie fragte: »Zumal – was?«

»Zumal meine Neffen mit großer Wahrscheinlichkeit im Stadion sein werden.«

## 9

Die Joggingrunde mit Frau Berger und ihre Anspielung, laut der Kommissar Langner ihn noch immer für verdächtig hielt, hatten Konrads Ehrgeiz zusätzlich angespornt. Jetzt wollte, nein, musste er mehr denn je hinter das Geheimnis des Toten kommen und den richtigen Mörder finden.

Nach einer ausgiebigen Dusche, eineinhalb Litern Apfelsaftschorle und nachdem er wieder einmal feststellen musste, dass sein Kühlschrank nichts Essbares enthielt, setzte er sich auf den Balkon seiner Wohnung. Er hatte seinen klapprigen Sonnenschirm der immer noch heißen Sonne entgegengestellt. Daneben waren zwei Gartenstühle aufgestellt und mit Sitzpolstern belegt. Auf dem einen Stuhl hatte er Platz genommen, auf den anderen seine Füße gelegt. Neben ihm, auf einem kleinen runden Tisch, stand eine weitere 1,5-Liter-Flasche Apfelsaftschorle, dazu ein Schreibblock mit Stift.

Gerade hatten die Glocken der Galluskirche sechs geschlagen. Konrad erinnerte sich, erst vor Kurzem gelesen zu haben, dass die Truchtelfinger Kirche aus dem Jahre 1732 stammte und damals auf einer kleinen Anhöhe am Dorfrand gebaut worden war.

Sein Blick glitt auf den Schreibblock. Dort waren die letzten Worte des Toten notiert: »Der dunkle Weiße … Nebel Mister … Fußballspiel … Schuss …«

Darunter dieselben Worte, aber in einer anderen Reihenfolge. Konrad überlegte hin und her.

Was hatte der Tote ihm sagen wollen?

Bestimmt war es ein Hinweis auf den Mörder.

Wie es Konrad auch drehte und wendete, die Worte ergaben keinen Sinn. Ein Wort passte seiner Meinung nach dabei ganz und gar nicht hinein: »Mister«. Warum benutzte der Schwerverletzte ein englisches Wort? – Mister, also Herr … Konrad schloss die Augen. Er wollte versuchen, die ganze Situation, gepaart mit seinem aktuellen Wissensstand, noch einmal Revue passieren zu lassen. Just in dem Moment jedoch, als er in seinen Erinnerungen den Schrei des Opfers hörte, schrillte das Telefon.

Es war sein Vater: »Heiligs Blechle – na wenigstens bist du zu Hause. Ich habe es schon dreimal bei deiner Schwester probiert. Da ist niemand daheim. Dass ihr jungen Leute am Feierabend auch keine Ruhe habt. Früher ist man nach der Arbeit nicht mehr weggegangen, sondern hat sich um Haus und Hof gekümmert. Es geht um die Eintrittskarten für das Bayernspiel. Ich habe mit einem alten Kameraden gesprochen. Obwohl er sich schon einige Zeit aus der Vereinsarbeit zurückgezogen hat, ist sein Einfluss immer noch groß. Er hat sich ziemlich aufgeregt und gesagt, dass er sich sofort um die Sache kümmern wolle. Vor einer halben Stunde nun hat er sich wieder gemeldet. Die fehlenden Karten sind bestellt! Man kann sie morgen, ab Mittag, bei ihm zu Hause abholen. Also – alle Kinder dürfen zum Spiel!«

»Guten Abend erst mal. Das ist ja super. Mit deinen Verbindungen hättest du es auch als Politiker weit gebracht ...«

»Sei mr still vo dena. Wenn ich nur an den Stichausbau denke ...«

»Schon gut.« Konrad wusste, dass er seinen Vater sofort bremsen musste. Hatte dieser einmal zu politisieren angefangen – und dabei waren meist regionale Angelegenheiten sein Thema –, so war er nicht mehr aufzuhalten. »Du konntest Gerd nicht erreichen, weil er heute Abend mit den Kindern Training hat. Am besten, ich fahre gleich hin und gebe ihm Bescheid, solange er die Jungs noch beisammen hat. Sonst muss er anschließend jedem Einzelnen nachtelefonieren.«

»So machst du es – jawohl!«

»Gut, dann nochmals besten Dank.«

»Nicht der Rede wert. Du kannst ja Gerd ausrichten, dass man sich bei den Landbergs immer über einen guten Tropfen Rotwein freut. Hihi ...« Mit diesem Lachen beendete er das Gespräch.

Konrad überlegte. Sein Schwager hatte gestern erwähnt, dass ihr Rasensportplatz vor einer Woche von der Stadt gesperrt worden war, um ihn an verschiedenen Stellen neu einzusäen. Als Ersatz hatte man ihm einen Platz auf dem Lichtenbol-Sportgelände in Tailfingen, zwischen Langenwand und Stiegel, zugewiesen. Nur über die Uhrzeit des Trainings war sich Konrad unschlüssig. Er wusste, dass das normale Training um sechs losging und ging einfach davon aus, dass dies weiterhin so war. Also galt es, nicht mehr allzu viel Zeit zu verschwenden, wollte er Gerd noch beim Training antreffen.

Das Lichtenbol-Sportgelände besaß, neben dem mit einer überdachten Tribüne versehenen Hauptplatz, der durch eine moderne Tartanbahn und andere Einrichtungen für Leichtathleten eingerahmt wurde, einen Kunstrasen- und einen Hartplatz sowie einen Kleinfeldsportplatz. Auf diesen steuerte Konrad jetzt zu, da er Gerd dort am ehesten vermutete. Durch den offen stehenden Haupteingang ging es vorbei an den eher unscheinbar aussehenden Umkleidekabinen und sonstigen Räumen, die allerdings zum größten Teil unter der Erde lagen und von denen deswegen nur ein einstöckiger Flachbau zu sehen war. Auf der Tartanbahn des Stadions drehten einige Läufer ihre Runden und bei der Hochsprunganlage war eine Gruppe Jugendlicher zu sehen, die aufmerksam den Ausführungen ihres Trainers lauschte.

Schon aus einiger Entfernung stellte Konrad fest, dass Gerd noch mit seiner Mannschaft auf dem Kleinfeldplatz trainierte. Gerade gab sein Schwager das Kommando zum Start eines Staffelrennens. Vier Kinder in vier Gruppen traten gegeneinander an. Es galt, mit dem Ball am Fuß, einen Slalomparcours zu bewältigen, am Ende umzudrehen und dieselbe Strecke zurückzulaufen. Danach musste der Ball dem Nächsten in der Gruppe übergeben werden.

Konrad entdeckte seine beiden Patenkinder Jan und Tim, die Söhne von Gerd. Dieser wiederum hatte Konrad noch nicht gesehen – zu sehr war er damit beschäftigt, die Jungen anzufeuern. Erst als die Siegergruppe feststand und Gerd zum Einsammeln der Pylonen, die als Markierung gedient hatten, aufgefordert hatte, gewahrte er seinen Freund. Mit leicht besorgter Miene kam er auf Konrad zu. Erst als ihm die entspannten Gesichtszüge seines Schwagers auffielen, hellten sich auch seine wieder auf.

»Konrad! Willst du mittrainieren?«

»Nein danke, ich habe heute schon Sport gemacht. Ich wollte nur den Nachfolger von Jogi Löw beobachten.«

»Witzbold. Was gibt es Neues von der Polizistin und wo sind deine elektronischen Fußfesseln?«

»Ha, ha … Dabei bringe ich dir doch nur richtig gute Nachrichten.«

»Sprich!«

»Dein Schwiegervater hat seine Kontakte spielen lassen. Du bekommst für alle deine Jungen Eintrittskarten für das Spiel.

Man kann die Karten morgen Nachmittag abholen. Ich werde das für dich erledigen und lasse sie dir dann zukommen.«

»Im Ernst – das ist ja super!«, Gerd war sichtlich erfreut. »Ich werde die Truppe gleich nach dem Abschlussspiel informieren. Der Jubel wird grenzenlos sein.«

»Das muss ich sehen«, entgegnete Konrad. »Außerdem schaue ich noch gerne bei eurem Spiel zu.«

»Schön, wir spielen noch zirka zwanzig Minuten lang.«

Gerd erteilte Anweisungen und teilte die Kinder danach in zwei Mannschaften ein. Die einen mussten sich ein grünes Trainingstrikot überziehen, die anderen ein rotes. Man spielte acht gegen acht auf fünf Meter lange und zwei Meter hohe Tore. Konrad setzte sich am Spielfeldrand auf den Boden, nachdem ihn Jan und Tim begrüßt hatten. Die beiden spielten in der grünen Mannschaft und bald zeigte sich, dass diese die bessere war. Jedoch gelangen auch der roten Mannschaft drei Tore, sodass das Spiel am Ende mit 6:3 für Grün endete. Jan und Tim hatten je zwei Tore erzielt. Ein Umstand, den Gerd immer sehr begrüßte, so gab es zu Hause keinen Streit, wer der Bessere gewesen war.

Nach dem Ende des Spiels verkündete Gerd die gute Nachricht. In der Tat kannte der Jubel keine Grenzen. Er prägte den Jungen noch Treffpunkt und Uhrzeit für den Sonntag ein und verabschiedete sich anschließend.

»Die Nachricht ist gut angekommen«, sagte Gerd begeistert zu Konrad.

»Ja«, gab dieser fröhlich zurück, »es ist schön zu sehen, wie sich die Jungs freuen.«

In diesem Moment kamen Tim und Jan angerannt.

»Meinst du, Luca Toni spielt?«, rief Tim aus und Jan zerrte an Konrads T-Shirt: »Und Schweinsteiger und Lahm?«

»Und Oliver Kahn …«, fiel ihm sein Bruder wieder ins Wort.

»Ja, ja, und vielleicht spielt auch noch der Ministerpräsident, der hat sein Kommen nämlich auch angesagt.« Gerd versuchte seine Söhne zu beruhigen.

Doch nur kurz ließ sich Tim durch seinen Vater beirren. Noch lauter als zuvor rief er: »Ob wohl Klose spielen wird?«

»Ganz bestimmt werden die meisten da sein. Die kommen aus dem Trainingslager in Donaueschingen. Da sind immer alle dabei«, erklärte Konrad seinen Patenkindern.

»Wow – klasse! Und den Hitzfeld möchte ich auch mal sehen ...«

So ging es noch geraume Zeit weiter. Immer fielen den beiden Jungen neue Namen ein. Gerd und Konrad gaben ihre Kommentare dazu ab und so wollte das Gespräch kein Ende nehmen.

Schließlich jedoch bremste Gerd die Euphorie: »So, ihr zwei, morgen ist Schule. Ihr helft mir jetzt noch die Bälle aufzuräumen und dann geht's heim.«

»Alles klar.« Konrad schlug in Gerds Schneise. »Ich gehe dann auch. Sagt eurer Mutter einen Gruß.«

Gerd nickte seinem Schwager zu: »Tschüss, Konrad, und noch mal vielen Dank!«

Konrad freute sich aufrichtig mit seinen Patenkindern. Auf der anderen Seite jedoch lag da immer noch der Schatten der Ungewissheit über der ganzen Sache. Was, wenn jetzt tatsächlich ein Anschlag beim Spiel Albstadt gegen Bayern München geplant war? Was, wenn die Sache doch nicht mit dem Tod des Österreichers beendet war? Jedoch fehlten ihm jegliche Beweise. Vielmehr wollte er unter keinen Umständen eine Panik aufkommen lassen. Er wollte keine Behauptungen aufstellen, die sich nachher als nicht haltbar erwiesen. Außerdem war die Polizei über die Sache informiert – ja, wahrscheinlich hatten sie sogar mehr Informationen als er. Konrad konnte beruhigt sein. Allerdings: Das Gegenteil war der Fall. Das Gefühl, dass die Dinge ganz und gar nicht ausgestanden waren, ließ ihn nicht los. Wenn er doch nur die Worte des Toten richtig deuten könnte.

Über diese Gedanken hatte Konrad seinen Wagen erreicht und sich hinter das Lenkrad gesetzt. Erst jetzt machte sich sein Magen wieder bemerkbar. Plötzlich verspürte er heftigen Appetit. Jetzt musste er sich beeilen, wollte er noch zum Einkaufen. Es war schon kurz vor acht. Die Läden in der Tailfinger Innenstadt würden bald schließen.

Drei Minuten vor Ladenschluss erreichte Konrad den Parkplatz des Supermarkts. Es gelang ihm gerade noch rechtzeitig, in den Laden hineinzukommen. Da stand er nun und wusste trotz seines Hungers nicht, was er einkaufen sollte. Er hatte Mühe sich zu konzentrieren. Schon auf der kurzen Fahrt vom Sportgelände Lichtenbol hierher, die steile Pfeffinger Straße hinunter, hatte er immer wieder an das Gespräch mit Gerd und den Kindern denken müssen. Irgendetwas Wichtiges war gesagt worden.

Aber was nur?

Auch jetzt, hier im Supermarkt, überlegte er angestrengt. Er streifte durch die leeren Gänge zum Tiefkühlregal. Dabei hatte er sich schon einmal vorsorglich mit drei Flaschen Apfelsaftschorle versorgt, die er zwischen linken Unterarm und Bauch geklemmt hatte.

Plötzlich blieb er abrupt stehen. Beinahe wären ihm die Flaschen entglitten. Sein Blick ging ins Leere. Wie in Zeitlupe stellte er die Flaschen vor dem Kühlregal auf den Boden. Jetzt wusste er, was bei dem Gespräch auf Lichtenbol so ungemein wichtig gewesen war. Endlich hatte er einen Hinweis in den Worten des Toten gefunden!

Zum Glück hatte er heute Nachmittag, kurz bevor sie ausgestiegen war, die Handynummer von Frau Berger bekommen und diese auch gleich in seinem Gerät gespeichert. Jetzt musste er sofort mit ihr reden. Konrad zückte sein Telefon und wollte gerade die Nummer aus dem Adressbuch heraussuchen, als er bemerkte, dass er hier keinen Empfang hatte. Er veränderte seinen Standort um einige Meter, danach noch mal – erfolglos. Im ganzen Supermarkt schien sein Handy kein Netz zu finden. Ohne Zeit zu verlieren, verließ er das Gebäude. Hier, im Freien, zeigten sich sofort wieder drei Balken auf seiner Empfangsanzeige. Er atmete durch und wählte Frau Bergers Nummer. Erstaunlich schnell meldete sich die Polizistin.

»Landberg hier. Frau Berger, ich weiß jetzt, was es mit dem Attentat auf sich hat!«

# 10

*Spätsommer 1969*

»Natürlich können wir es schaffen.« Die Stimme von Sigi überschlug sich beinahe. »Gerade sind die Amerikaner vom Mond zurückgekommen. Verstehst du? Alles ist möglich. Ein kleiner Schritt für einen Menschen – ein großer für die Menschheit ...«

Hardy war hin- und hergerissen. Im Grunde war er sich mit seinem Freund einig. Schon lange hatten die beiden diesen Traum. Aber da waren die Risiken, die es zu bedenken gab. Man kündigte nicht einfach so seinen Arbeitsplatz, um sich selbstständig zu machen, eine eigene Firma zu gründen. Auf der anderen Seite: Die Aussicht, sich endlich den Launen seines Mechanikermeisters entziehen zu können, sein eigener Herr zu sein, war mehr als verlockend. Hardy war der beste Mechaniker in seiner Firma und dennoch wurde er von seinem Meister behandelt, als wäre er ein Stift im ersten Lehrjahr. Sigi erging es ähnlich. Sein Chef, der Verkaufsleiter der Firma, war ein alter, engstirniger Mann, der jeglicher Veränderung oder Neuerung entgegentrat und dem es meist auch gelang, diese abzuwiegeln. »Er arbeitet noch wie vor dem Krieg«, sagte Sigi immer, »und zwar vor dem Ersten.«

Dann, unerwartet – es war wie ein Wink des Schicksals – tat sich eine Tür für die beiden auf.

Es war im Sommerurlaub gewesen, in Jesolo an der italienischen Adriaküste. Zum ersten Mal hatten die zwei die Alpen mit ihrem gemeinsam finanzierten VW-Käfer überquert. Zehn Tage wollten sie am Mittelmeer bleiben. Dort freundeten sie sich mit einem Onstmettinger Unternehmer an (der halbe Kreis Balingen schien in diesem Sommer in Jesolo Urlaub zu machen). Er verbrachte hier einige freie Tage mit seiner Frau. Nicht zuletzt der Tatsache, dass man siebenhundert Kilometer von zu Hause jemanden aus der Nachbargemeinde traf, war es zu verdanken, dass sich die drei Männer auf Anhieb verstanden. Sie konnten sich in ihrer vertrauten schwäbischen Mundart unterhalten und mussten nicht mit Händen und Füßen erklären, dass man den Sonnenschirm nicht für zwei Wochen mieten wollte.

Bei echtem deutschen Bier kam das Gespräch auf eine fast neue OVIA-Strickmaschine, die der Onstmettinger günstig verkaufen wollte. Sie lief zwar nicht ganz rund, wie er sich ausdrückte, aber für Hardy wäre das bestimmt kein Problem.

Dies war die Geburtsstunde einer Idee, die Sigi und Hardy nicht mehr loslassen sollte. Was, wenn es ihnen gelänge, die Maschine zu finanzieren und damit ein eigenes Geschäft zu beginnen. Zudem wollte Hardys Onkel eine kleine Halle in Tailfingen als Garage vermieten. Man hätte Gebäude, eine Strickmaschine, in Hardy einen sehr guten Mechaniker, der die Maschine am Laufen halten konnte und in Sigi einen cleveren Vertriebsmann, um einen Kundenstamm aufzubauen.

So also hockten die beiden wieder einmal in ihrer Stammkneipe in Ebingen beisammen, noch körperlich erschöpft vom Freundschaftsspiel gegen Tuttlingen am Nachmittag, welches sie mit 3:1 gewonnen hatten. Aus der Musikbox trällerte *Das Mädchen Carina* von Roy Black.

Natürlich redeten sie wieder einmal über ihr Lieblingsthema.

»Ich habe noch mal mit Hans gesprochen«, sagte Sigi, »er wäre bereit, nochmals mit dem Preis herunterzugehen.«

»Hm …« Hardy fuhr sich mit der flachen Hand über die Haare. »Mein Onkel würde uns seine Halle in den ersten drei Monaten sogar umsonst überlassen.«

»Na also – worauf warten wir dann noch?« Sigi blickte seinen Freund voller Spannung an. Mehrere Sekunden verstrichen, ehe dieser schließlich das Wort ergriff: »Warten? Wer wartet? Morgen kaufen wir die Strickmaschine und meinem Onkel gebe ich sofort Bescheid!«

»Jaaa …« Sigi ballte beide Hände zu Fäusten und umarmte Hardy. »Freunde fürs Leben – wir schaffen das!«

Die Anfänge waren mühsam. Sie arbeiteten zwölf Stunden am Tag, oft mehr. Ihr geliebtes Fußballspiel litt sehr darunter. Mit Ende der Saison 1969/70, im Sommer 1970, hörten sie auf, aktiv zu spielen, hielten ansonsten jedoch dem Verein weiterhin die Treue.

Zu diesem Zeitpunkt – knapp acht Monate nach der Firmengründung – lief das Geschäft schon so gut, dass sie in der Lage waren, sich eine zweite Strickmaschine anzuschaffen.

Im November jenes Jahres, beim einjährigen Firmenjubiläum, stellten sie einen Stricker ein, der vorwiegend in Nachtschicht arbeitete. Die beiden Maschinen standen nun nicht mehr still. Das Geschäft florierte.

Schließlich, im Frühjahr 1971, reichten auch die zwei Maschinen nicht mehr aus. Für weitere jedoch war die Garage zu klein. So entschlossen sich die beiden – wieder dank der Vermittlung von Hardys Onkel – ein altes, leer stehendes Fabrikgebäude in Tailfingen zu erwerben. Das Gebäude wurde umgebaut und von Grund auf renoviert.

Schon im Herbst konnte das neue Domizil bezogen werden. Der Maschinenpark wurde abermals aufgestockt, dazu drei weitere Arbeiter eingestellt. Ihren Fußballverein unterstützten die beiden nach wie vor als Sponsoren. Immer wenn es ihre Zeit zuließ, besuchten sie auch die Heimspiele der Mannschaft.

1971 trat auch, nachdem sie schon fast vergessen war, ihre Jugendliebe Renate wieder in das Leben der beiden Freunde. Die drei trafen sich rein zufällig beim Essen in einem Ebinger Gasthof. Anders jedoch als vor acht Jahren entwickelte sich die Sache dieses Mal. Und vor allem viel schneller, als je für möglich gehalten. Schon beim ersten Treffen deutete sich an, dass Renate sich mehr zu Hardy hingezogen fühlte. Noch im selben Jahr, im Sommer, heirateten die beiden. Sigi war Trauzeuge.

Renate arbeitete von nun an in der Firma mit und war Sigi bald – dank ihrer kaufmännischen Ausbildung – eine unverzichtbare Hilfe im Büro. Die Firma expandierte weiter und mit der Zeit gehörten Sigi und Hardy zu den bekanntesten Leuten im Talgang.

Sie hatten hart für ihren Erfolg gearbeitet – jetzt konnten sie anfangen ihn zu genießen.

## 11

Konrad stand am Rande des künstlichen Bächleins, welches fröhlich durch die Tailfinger Fußgängerzone plätscherte.

Das Handy hatte er fest an sein rechtes Ohr gepresst. »Wie? Nun – wenn Sie meinen. Dann nicht am Telefon. Sie müssen nur wissen, ich habe einen mächtigen Hunger und war gerade dabei, mir etwas zu essen zu kaufen … Halt!« Während er sprach, hatte er sich zum Supermarkt umgedreht und gerade noch gesehen, wie die Eingangstür abgeschlossen wurde. Ein Mann und zwei Frauen entfernten sich. Konrad konnte gerade noch hören, wie der Mann sagte: »… und irgend so ein Idiot hat Apfelsaftflaschen vor das Kühlregal gestellt.« Erst danach realisierte er Frau Berger wieder, die nachfragte, was geschehen sei.

»Ach, die haben mir gerade die Tür vor der Nase zugeschlagen. Jetzt sieht es für meinen Magen schlecht aus.«

Leicht resigniert legte er das Telefon ans andere Ohr. »Wie? Es soll im Freien sein, in der Natur und dazu noch in der Nähe ... Ich denke, da fällt mir etwas ein: Wir treffen uns beim Ebinger Waldheim ... Das kennen Sie – na prima. Gut, in zwanzig Minuten. Bis dann.« Konrad hatte nicht damit gerechnet, die Polizistin heute nochmal zu sehen. Aber wenn sie schon den Vorschlag machte, sich zum Essen zu treffen – warum nicht?

Er wählte die schmale Straße, die am Ortsausgang von Ebingen in Richtung Bitz links abging. Durch dichten Wald führte die Einbahnstraße auf direktem Wege zum Gebiet rund um das Ebinger Waldheim. Konrad stellte sich an den Rand des Spielplatzes, von wo aus er einen ziemlich guten Überblick hatte. Viele Menschen genossen den warmen Sommerabend. Sowohl die Terrasse des Gasthofes als auch der Biergarten waren gut besucht. Auf dem Spielplatz hinter ihm waren vergnügte Kinderstimmen zu hören und auf dem Sportplatz, auf der anderen Seite, hörte er die lauten Kommandos eines Fußballtrainers, der seine Mannschaft gerade Steigerungsläufe machen ließ.

Von Frau Berger war noch nichts zu sehen. Gerade blickte Konrad einer Gruppe Mountainbiker nach, die im schnellen Tempo vorbeirauschte, als die Polizistin in sein Blickfeld geriet. Im Gegensatz zu ihrem sportlichen Outfit am Nachmittag war sie jetzt mit einer dreiviertellangen Jeanshose und einer hellen, ärmellosen Bluse bekleidet. Nachdem sie Konrads Winken bemerkt hatte, kam sie auf ihn zu. »Guten Abend, Herr Landberg. Hier ist ja ziemlich was los.«

»Ja, die Ecke hier ist sehr beliebt.«

»Kein Wunder: Rings herum Wald, dazu die gute Luft – da bekomme ich gleich noch mehr Appetit.«

»Ich kann Sie nur verschwommen sehen, so ausgehungert bin ich.«

»Na, dann los ...« Ohne sich noch einmal umzusehen, marschierte Frau Berger schnurstracks auf den Biergarten zu.

»Hier müssen wir uns das Essen selbst holen«, rief Konrad ihr hinterher.

»Ich weiß! Ich wollte nur schnell zwei Plätze reservieren.« Frau Berger steuerte auf einen freien Tisch zu und wechselte einige Worte mit den Leuten vom Nachbartisch. Diese brachen in ein heftiges Lachen aus, um danach zustimmend zu nicken.

»Was haben Sie denn so Lustiges gesagt?«, fragte Konrad neugierig, als sich Frau Berger neben ihm am Kiosk anstellte.

»Ich habe nur gesagt, sie sollen mir den Tisch freihalten.«

»Deswegen lacht man doch nicht so laut.«

»Nun … Weiter habe ich gesagt, ich müsse jetzt wieder rasch zu Ihnen, da Sie sehr schnell ausfällig werden und dann immer ganz verrückte Sachen machen.«

»Frau Berger!«

»Der freie Tisch ist uns aber sicher.«

Es ging fließend voran und so saßen die beiden bald an dem besagten Tisch, mit jeweils einem Wiener Schnitzel, Pommes, extra Soße und einem halben Liter Bier.

Nach den ersten wortlosen Bissen konnte es Frau Berger nicht länger erwarten: »Na los! Nun erzählen Sie schon von Ihrer Entdeckung. Ich bin ja so gespannt.«

»Natürlich«, gab Konrad genüsslich kauend zurück und, als ob es die natürlichste Sache der Welt wäre, fuhr er fort: »Es ist – oder zumindest es war – ein Attentat auf das Fußballspiel am Sonntag geplant. Und zwar auf den Ministerpräsidenten! Der ist nämlich Ehrengast im Stadion.«

Frau Berger schien der Bissen im Hals stecken zu bleiben. Ihr Blick bohrte sich in Konrads Augen, als sie fragte: »Wie kommen Sie darauf?«

Jetzt war Konrad in der Zwickmühle. Bisher hatte er der Polizei noch nicht verraten, dass der Tote noch etwas gesagt hatte. Sollte er es jetzt tun? Er kämpfte mit sich. Schließlich gaben die großen, neugierigen Augen von Frau Berger den Ausschlag.

»In Ordnung«, begann er, »ich werde es Ihnen erzählen, weil ich Ihnen vertraue.«

Bei diesen Worten meinte er ein leichtes Zucken im Gesicht der Polizistin wahrgenommen zu haben, maß der Sache jedoch keine Bedeutung zu. Vielmehr redete er weiter, nachdem er einen großen Schluck Bier genommen hatte: »Der Überfallene hat noch etwas gesagt, bevor er starb. Allerdings recht undeutlich und nur sehr wirre Worte. Er sagte: ›Der dunkle Weiße … Nebel Mister … Fußballspiel … Schuss‹, mehr stammelnd als sprechend.«

»Langsam«, Frau Berger hob ihre Hand. »Können Sie das nochmal wiederholen?«

»Klar: ›Der dunkle Weiße … Nebel Mister … Fußballspiel … Schuss‹. Danach war er tot. Ein schreckliches Erlebnis, wie Sie sich denken können. Sie können mir glauben, diese Worte lassen mich seither nicht mehr los. Immer und immer wieder habe ich nach einem Sinn oder einer Bedeutung gesucht – vergebens. Bis vorhin, kurz bevor ich Sie angerufen habe. Da wurde mir eine Passage plötzlich glasklar. Es ist nicht von einem Herrn oder englisch Mister die Rede, sondern von einem Minister! Der Ministerpräsident wird Ehrengast sein …«

Konrad blickte sein Gegenüber erwartungsvoll an. Frau Berger schien das Gehörte erst einmal verdauen zu müssen.

»Warum haben Sie das denn nicht gleich gesagt? Ich meine das mit den letzten Worten des Toten …«

»Ich weiß nicht.« Konrad senkte den Kopf. »Es war so etwas wie Intuition, denke ich mir. Außerdem war Kommissar Langner fest davon überzeugt, ich sei der Mörder. Er hätte mir sowieso nicht geglaubt.«

Frau Berger erwiderte nichts, sondern blickte an Konrad vorbei in Richtung Spielplatz. Endlich sagte sie: »Ich muss nachdenken. Das kann ich am besten beim Essen.« Sie nahm wieder Messer und Gabel zur Hand und machte sich über ihr Schnitzel her. Ihre Augen hielt sie dabei nur stur auf den Teller gerichtet. Konrad sah ihr eine Weile zu, ehe er sich an sein eigenes Essen erinnerte und damit begann, ebenfalls seinen Teller zu leeren.

Kurz bevor die beiden ihr Mahl beendet hatten, erhoben sich die Leute vom Nachbartisch. Ein älterer Herr konnte es sich nicht verkneifen, Konrad auf die Schulter zu schlagen und zu sagen: »Sauber bleiben …« Dabei zwinkerte er Frau Berger vergnüglich zu. Konrad kommentierte die Situation mit einem müden Grinsen, während er die Augen verdrehte.

Nachdem sie das Essen mit dem letzten Schluck Bier hinuntergespült hatten, meinte die Polizistin: »Gehen wir noch ein Stückchen. Mir ist danach.«

»Gern. Wie wäre es in Richtung Schlossfelsenturm?«

»Wohin Sie mögen …«

Vorbei an Minigolfanlage und Grillstelle – beide Plätze waren gut besucht – ging es auf einer kleinen Straße in den Wald hinein. Auf Holzschildern entlang der Strecke – der Weg war Teil eines Waldlehrpfades – wurden verschiedene Bäume und Sträucher erklärt. Sie mussten eine kurze Steigung bewältigen. Da seine Begleiterin noch immer nichts sagte, begann Konrad damit, sein Wissen über den sogenannten Schlossfelsen an die Frau zu bringen: »Der Turm, zu dem wir jetzt unterwegs sind, steht auf dem Standort einer mittelalterlichen Burg, die um das Jahr 1100 erbaut wurde. Sie wurde im 13. Jahrhundert wieder aufgegeben und hatte den Namen Burg Häringstein. Der Turm steht auf zirka 950 Meter Höhe, die Antennenspitze reicht aber auf über tausend Meter hinauf.«

Jetzt hielt Frau Berger inne und sah Konrad verblüfft an. »Sie kennen sich aber gut aus – alle Achtung!«

»Danke. Es ist eine Art Hobby von mir, mich mit solchen Dingen zu beschäftigen.«

»Nun bin ich wirklich gespannt auf den Turm. Kann man den auch besteigen?«

»Natürlich, er ist frei zugänglich.«

Nach wenigen Minuten hatten sie ihr Ziel erreicht. Imposant ragte der Turm am schroff abfallenden Fels in den abendlichen Himmel. Im Westen, wo gerade die Sonne untergegangen war, hatte sich dieser in ein leuchtendes Rot verfärbt.

»Nichts wie hoch …«, rief Frau Berger begeistert und war auch schon hinter der Eingangstür verschwunden. Konrad folgte.

»Eins, zwei, drei, vier, fünf …«

»Zählen Sie etwa die Stufen?«, unterbrach Konrad die vorausgeeilte Polizistin.

»Klar! Das haben wir schon als Kinder gespielt – ich und meine beiden Schwestern. Meist jedoch hatten wir oben drei unterschiedliche Ergebnisse. Jetzt muss ich nochmal anfangen.« Frau Berger machte kehrt und begann dann abermals: »Eins, zwei, drei …«

Konrad musste schmunzeln, als er seiner Begleiterin nachstieg und sich dabei ertappte, wie er ebenfalls zu zählen begann. Jedoch, beim Mittelrundgang angekommen, gab er auf.

Schließlich erreichten sie das Ende der betonierten Stufen.

»101«, strahlte Frau Berger, »jetzt noch diese Eisenwendeltreppe …«

Als sie auf dem oberen Aussichtsrundgang standen, hatte Frau Berger 119 Stufen gezählt, die Zahl aber schon fast wieder vergessen ob dem herrlichen Blick, der sich von hier aus auftat. Tief unten ins Tal eingebettet lag Ebingen. Rechts davon, das Schmiechatal hinauf, schlossen sich Truchtelfingen und Tailfingen an. Die Dämmerung legte sich langsam über die Stadt und einige Lichter waren schon eingeschaltet worden. Es schien, als bereite sich die Stadt auf die Nacht vor, zufrieden, ihr Tagwerk für heute vollbracht zu haben. Eine eigentümliche Ruhe hatte sich ausgebreitet, die jedoch ab und an durch die Rufe des Fußballtrainers gestört wurde, dessen Stimme bis hierher getragen wurde.

Gerade machten sich die letzten Besucher des Turms an den Abstieg. Konrad und Frau Berger waren jetzt allein auf der Aussichtsterrasse, die sich rundherum an den Turm schmiegte. Die Polizistin war einmal um das Gebäude herumgegangen und traf jetzt wieder auf Konrad, der fasziniert das Abendrot betrachtete.

»Sie habe ja noch gar nichts zu meiner Entdeckung gesagt!«, begann Konrad, der bemerkte, dass Frau Berger gerade einen inneren Kampf auszufechten schien. Wie aufgeschreckt aus tiefen Gedanken blickte sie auf.

»Herr Landberg – ich muss Ihnen etwas sagen.«

Der Tonfall ihrer Stimme ließ Konrad aufhorchen. Jetzt musste etwas Bedeutendes folgen.

»Ich habe Sie hintergangen. Bespitzelt.« Ihre Stimme bebte, als sie fortfuhr: »Das Zusammentreffen gestern Abend, die Joggingrunde heute … Es war alles kein Zufall, sondern geplant.«

»Geplant! Von wem?«, fragte Konrad, ohne den Mund danach wieder zu verschließen.

»Kommissar Langner hat mir den Auftrag dazu erteilt.«

»Jojo …«

»Sie wurden zwar entlassen, ein Beamter hat Sie jedoch beschattet.«

»Was! Ich habe nichts bemerkt.«

»Der Kommissar meinte, dass Sie mehr wissen, als Sie sagen. Deshalb hat er mich beauftragt, Sie auszuhorchen – ohne dass Sie es merken.«

»Warum gerade Sie?«

»Er sagte, nach seiner Einschätzung würden Sie mir am ehesten vertrauen.«

»Da lag er allerdings richtig.«

»Herr Landberg, es tut mir leid. Ich habe Sie nun kennengelernt und kann Sie nicht weiter bespitzeln. Ich kann dies mit meinem Gewissen nicht vereinbaren. Der Polizeiberuf ist wohl nichts für mich …«

Frau Berger war den Tränen nahe und so erging es Konrad beinahe auch. Zum einen hatte diese Frau sein Vertrauen schamlos ausgenützt, zum andern war sie jedoch dafür geradegestanden.

»Jetzt mal langsam.« Er versuchte beruhigend auf die Polizistin zu wirken. »Sie haben mir jetzt alles gesagt. Das stimmt doch?«

Frau Berger nickte.

»Sehen Sie. Das spricht Ihr Gewissen rein. Im Übrigen wäre es sehr schade, wenn Sie Ihren Beruf aufgeben würden. Sie sind nämlich eine gute Polizistin.«

Die Miene von Karin Berger hellte sich ein wenig auf. »Meinen Sie?«

»Auf jeden Fall. Aber sagen Sie mir: Das Zusammentreffen gestern Abend war wirklich kein Zufall?«

»Nein. Ich bekam von Ihrem Schatten, also von demjenigen, der Sie beobachtet hatte, eine Nachricht, wo Sie sich gerade aufhalten. Die Gelegenheit war günstig, also bin ich ›rein zufällig‹ an Ihrem Tisch vorübergegangen.«

»Unglaublich …«, meinte Konrad und schüttelte den Kopf. »Werde ich eigentlich noch immer beobachtet?«

»Nein, jetzt bin ich ja da.«

Konrad konnte sich ein Lächeln nicht verkneifen. Nein, er konnte Frau Berger nicht böse sein.

Auch die Polizistin verzog ihr Gesicht zu einem Grinsen, wurde jedoch sofort wieder ernst: »Aber jetzt hintergehe ich den Kommissar.«

»Keineswegs«, warf Konrad ein. »Sie müssen ihm nur morgen früh gleich die Wahrheit erzählen. Ihre Mission ist sowieso erfüllt: Ich habe jetzt wirklich alles gesagt, was ich weiß. Jetzt gibt es keine Geheimnisse mehr. Das können Sie ihm sagen.«

»Das beruhigt mich. So werde ich es machen.«

»Übrigens!« Konrad hatte eine spontane Idee. »Sagen Sie doch einfach du und Konrad zu mir.«

»Gerne. Ich heiße Karin«, antwortete sie sichtlich erfreut.

Inzwischen war das Abendrot verschwunden. Die Dämmerung über Albstadt hatte sich ausgebreitet. Immer mehr Lichter waren unten in der Stadt zu sehen. Auch schien das Fußballtraining beendet zu sein. Jedenfalls hörte man die Stimme des Trainers nicht mehr. Nachdem beide den Augenblick und die Ruhe schweigend genossen hatten, ergriff Konrad nun wieder das Wort: »Also, Karin, was denkst du jetzt über die letzten Worte des Toten?«

»Ach ja … Nun auf den ersten Blick ist es wirklich nur wirres, zusammenhangloses Zeug.«

»Und die Sache mit dem Minister?«

»Da könnte was dran sein – beziehungsweise was dran gewesen sein. Der Attentäter ist jetzt ja tot.«

»Das ist ja gerade mein Problem: Ich werde den Gedanken nicht los, dass die Sache noch nicht ausgestanden, geschweige denn der Mörder überführt ist. Auf jeden Fall wollte mir der Überfallene noch etwas sagen. Ich gehe davon aus, dass es ein Hinweis auf den Täter war.« Konrad blickte mit verlorenem Blick hinunter ins Tal. »Sieh mal da unten!« Er wies auf das gut sichtbare Fußballstadion, in dem bereits die Zusatztribünen für das große Spiel am Sonntag aufgebaut waren. »Dort unten ist das Albstadion. Ich habe ein komisches Gefühl …«

»Gehen wir gemeinsam nochmal die Sache durch.« Karin holte tief Atem, ehe sie fortfuhr. »Also, aus dem Mister hast du einen Minister gemacht. Aber was bedeutet Nebelminister? Es gibt keinen Nebelminister.«

»Ich weiß. Es gibt einen Wirtschaftsminister, einen Innenminister, einen Außenminister, einen Ministerpräsidenten …«

»Moment mal«, unterbrach Karin. »Innen, außen … Kann mit Nebel nicht auch etwas anderes gemeint sein? Ich denke, wenn aus Mister Minister wird, kann doch auch aus Nebel neben werden.«

»Du hast recht!«

»Warte … Wenn es neben heißen würde, dann …«

Konrad zuckte zusammen. »Karin, ich denke, du bist auf der richtigen Spur.«

»Nicht wahr! Es müsste also heißen: Neben Minister oder auch neben dem Minister oder Ministerpräsidenten.«

»Das ist es! Jetzt wird das Ganze schlüssig. Es geht gar nicht um den Ministerpräsidenten – es geht um eine Person, die neben ihm auf der Tribüne sitzt.« Konrads Euphorie wuchs mit jedem seiner Worte. Er war fest davon überzeugt, auf der richtigen Fährte zu sein.

»Es könnte möglich sein.« Die Polizistin war eine Spur skeptischer. »Aber wie bekommen wir heraus, wer neben dem Ministerpräsidenten sitzt – und vor allem: Wie wissen wir, wer letztendlich gemeint ist?«

»Wir müssen Schritt für Schritt vorgehen. Zuerst benötigen wir eine Liste der Personen, die neben dem Ministerpräsidenten auf der Ehrentribüne sitzen. Und das, Karin, dürfte doch für die Polizei kein Problem sein.«

Die Polizistin erwiderte Konrads Lachen und sagte: »Gut. Dann werde ich morgen nach meinem Gespräch mit Kommissar Langner sofort versuchen herauszufinden, wie die Sitzordnung auf der Ehrentribüne aussieht.«

»Super! Das wäre der nächste Schritt. Die weiteren werden folgen.«

## 12

Der Freitag versprach ein genauso schöner Tag zu werden wie der vorige. Konrad genoss den Morgen auf seinem Balkon, Kaffee trinkend und die vor ihm ausgebreitete Tageszeitung lesend. Gerade hatte er den Wirtschaftsteil überflogen, in dem berichtet wurde, dass das Börsenbarometer DAX auf den höchsten Stand seit Bestehen des Index' geklettert war. Als Grund wurden die positiven Vorgaben aus den Vereinigten Staaten und Fernost angegeben. Konrad schüttelte den Kopf und blätterte eine Seite zurück zu einem Artikel, der ihm vorher aufgefallen war. Hier war zu lesen, dass der US-amerikanische Immobilienmarkt in einer schweren Krise steckte. Viele Hauskäufer konnten ihre Schulden nicht mehr begleichen.

»Krise oder Rekordhoch? Was kommt da noch auf uns zu?«, sinnierte er vor sich hin, wurde aber sofort wieder abgelenkt, als er zum lokalen Sportteil der Zeitung weiterblätterte. Es wurde ausführlich über das bevorstehende Freundschaftsspiel zwischen dem FC 07 Albstadt und dem deutschen Rekordmeister FC Bayern München berichtet. So unbekümmert, wie er es sich gewünscht hätte, konnte er den Artikel allerdings nicht lesen. Die Angst, beim Spiel könnte etwas Schlimmes passieren, wollte ihn einfach nicht loslassen. Noch dazu, wenn er las, dass zehntausend Zuschauer erwartet wurden und – was bei Konrad beinahe Panikattacken auslöste – mittendrin seine beiden Patenkinder waren. Im Moment konnte er jedoch nichts anderes tun als abzuwarten. Warten, bis Karin sich mit Informationen über die Gäste auf der Ehrentribüne meldete.

Diese Karin – vielmehr dieser Kommissar Langner, sein alter Schulfreund … Hatte der ihn doch tatsächlich bespitzeln lassen. Und was für ein netter Spitzel! Aber was hieß hier nett? Er hatte doch seine Lena! Auch wenn sie fast tausend Kilometer entfernt in Kiel lebte. Karin – Lena. Lena – Karin. Beide Frauen waren etwas Besonderes und ließen sich dennoch nicht im Geringsten miteinander vergleichen.

Während dieser Gedanken nippte er an seiner Tasse und musste feststellen, dass der Kaffee bereits kalt geworden war. Also erhob er sich schwerfällig, um frischen nachzugießen.

Wieder auf dem Balkon zurück, winkte er seiner Nachbarin zu, die damit beschäftigt war, ihr Blumenbeet im Garten zu wässern. Eine nette ältere Dame, mit der er schon so manches interessante Gespräch geführt hatte.

Konrad war unruhig. Er wusste, dass er etwas tun sollte, musste aber auf Karins Informationen warten. Da fiel sein Blick auf einen weiteren Zeitungsartikel: Das zweite sportliche Großereignis, welches am Wochenende in Albstadt stattfand – der Mountainbike-Marathon! Ein Radrennen über 86 Kilometer auf einer Strecke rund um Albstadt. Das Rennen fand morgen bereits zum dreizehnten Mal statt und war inzwischen ein richtiger Klassiker, weit über die Grenzen des Zollernalbkreises hinaus bekannt.

Das war genau das Richtige, um seine Unruhe zu bekämpfen!

Schnell beschloss er, auf sein Rad zu steigen, um eine schöne Strecke zu fahren, solange es noch nicht allzu heiß war. Außerdem musste er heute Nachmittag die Eintrittskarten für seinen Schwager Gerd abholen und schon aus diesem Grunde rechtzeitig zurück sein. Er leerte seinen Kaffee, füllte die Tasse mit Wasser und stellte sie auf dem Spültisch ab. Danach packte er Getränke und Handy in seinen Rucksack und zog seinen Raddress an.

Zehn Minuten später überwand er bereits die Steigung zwischen Truchtelfingen und Bitz. Oben angekommen bog er beim kleinen Wanderparkplatz vor dem Schafhaus links ab. Ein kleines asphaltiertes Sträßchen führte hier zur Truchtelfinger Hütte und weiter. Schon nach kurzer Zeit bog er in einen Wiesenweg ein, auf dem er die Stelle, an der vor zwei Tagen der Mord geschehen war, weiträumig umfahren konnte. So wurde er dafür auf seinem Umweg über die holprige Wiese hin- und hergeschüttelt. Dazu kam, dass just in diesem Moment eine Sportmaschine zum Landeanflug auf dem nahe gelegenen Flugplatz Degerfeld ansetzte. In geringem Abstand glitt das Flugzeug über seinen Kopf. Konrad musste an einen alten Hitchcock-Film denken, bei dem Cary Grant von einem Flugzeug in einem Maisfeld verfolgt wurde. Allerdings landete die Maschine friedlich und kam nicht zurück, um Konrad mit einem Maschinengewehr zu beschießen oder Schädlingsbekämpfungsmittel über ihm zu versprühen.

Nach wenigen Minuten erreichte er das Schützenhaus von Tailfingen. Weiter ging die Fahrt auf der Albhochfläche über das Schafbühl zur Linkenboldshöhle. Dabei handelte es sich um eine nahezu zweihundert Meter lange Tropfsteinhöhle. Einer dieser Tropfsteine, der riesige Linkenbolder, war die Hauptattraktion der Höhle. Er war nach einem Erdgeist benannt, der der Sage nach in dieser Höhle gehaust haben sollte.

Immer weiter ging die Fahrt in Richtung Raichberg. Mit jedem Kilometer wurde Konrad lockerer und bald war die Anspannung der letzten Tage verschwunden. Er erinnerte sich an letztes Jahr, als er hier ganz in der Nähe mit Lena auf dem Mountainbike unterwegs gewesen war. Damals war die Fahrt zum Zeller Horn hinaus gegangen, die Stelle, die wohl den schönsten Blick auf die Burg Hohenzollern eröffnete. Ihm wurde ganz warm ums Herz. Ja, er war richtig verliebt in diese Frau. Unbedingt musste er sie heute noch anrufen!

Als er letztendlich die geteerte Straße, die auf den Raichberg, zum Nägelehaus und den Aussichtsturm hinaufführte, erreicht hatte, überlegte er, kurz einen Abstecher zum Zeller Horn zu machen. Radelte schließlich aber doch in entgegengesetzter Richtung nach Onstmettingen hinunter.

Er überquerte die Hauptstraße des Ortes, um den steilen Anstieg auf der anderen Seite des Tals, hinauf zu den Heuberghöfen, in Angriff zu nehmen. Oben angekommen gönnte er sich eine kurze Ruhepause, um einen Schluck Apfelschorle zu trinken. Hier oben auf fast neunhundert Metern Höhe wehte ein angenehmes Lüftchen, welches die immer stärker werdende Hitze ein wenig abkühlte.

Nachdem er die Höfe hinter sich gelassen hatte, erreichte er nach kurzer Zeit die Straße, welche die Albstädter Ortsteile Pfeffingen und Onstmettingen miteinander verband. Im Selbstgespräch sagte er: »Rechts, Mitte oder links – Zitterhof, Pfeffingen oder Stiegel?« Er schnalzte mit der Zunge und wählte die goldene Mitte. Auf einem schmalen asphaltierten Weg ging es durch den Wald hinunter zur Eyachquelle. Das Gefälle hier war extrem, sodass die Bremsen von Konrads Fahrrad heiß liefen. Noch bevor er die Quelle erreicht hatte, hörte er fröhliche Kinderstimmen. Eine Schulklasse hatte die Grillstelle nahe der Quelle als Ziel für ihren Wandertag gewählt. Während einige Kinder damit beschäftigt waren, sich mit Wasser nass zu spritzen, waren andere dabei, ihre Würste an langen Spießen über die Feuerstelle zu halten. Eine letzte Gruppe hörte mehr oder weniger gelangweilt ihrem Lehrer zu, der gerade einen Vortrag hielt: »… auf 833 Meter. Die Eyach fließt durch Albstadt, Balingen und Haigerloch und mündet bei Starzach-Börstingen in den Neckar. Dieser …« Konrad war langsam vorbeigefahren. Jetzt ließ er seine Bremsen los, um mit rasanter Geschwindigkeit dem malerischen Pfeffingen entgegenzufahren. Die Fahrt ging durch den Ort hindurch, bis er schließlich den Radweg Richtung Margrethausen, entlang der Eyach, erreichte.

Nachdem die letzten Kilometer nur bergab geführt hatten, galt es nun auf dem Forstweg von Margrethausen hinauf aufs Lerchenfeld eine Steigung in Angriff zu nehmen. Viele Kurven und Schleifen entschärften diese jedoch deutlich.

Oben angekommen gönnte sich Konrad abermals einen kräftigen Schluck aus seiner Trinkflasche. Jetzt war nur noch eine schöne Abfahrt durchs Rossental zu bewältigen und schon würde er Truchtelfingen erreichen, den Ausgangspunkt seiner kleinen Tour. Doch kaum hatte er nach der kurzen Pause wieder in die Pedale getreten, klingelte sein Handy. Sofort brachte er sein Rad zum Stehen und nahm seinen Rucksack ab, in dem das mobile Telefon steckte.

»Landberg«, meldete er sich leicht außer Atem.

»Hallo, hier ist Karin. Schön, dass du zu Hause bist.«

»Wenn du meinst, dass mitten im Wald mein Zuhause ist, so hast du recht. Ich bin mit dem Rad unterwegs.«

»Ach … natürlich. Ich rufe ja auf deinem Handy an. Durch meine vielen Telefonate heute Morgen bin ich ganz durcheinandergekommen.«

»Ich hoffe, die Anrufe waren erfolgreich.«

»Ich denke schon. Immerhin habe ich jetzt eine Liste mit allen Ehrengästen. Schade, dass du im Wald bist, sonst hätte ich dir die Namen diktiert.«

»Kein Problem. Ich habe in meinem Rucksack Papier und einen Stift. Du kannst gleich loslegen.«

»Gut, dann also – bist du bereit?«

»Moment noch«, Konrad kramte nach dem Stift, »so, jetzt bin ich so weit.«

Karin begann damit, die Namen von gut zwanzig Personen durchzugeben, die allesamt in nächster Nähe um den Ministerpräsidenten herum auf der Ehrentribüne ihren Platz haben würden. Konrad schrieb eifrig mit. Gut die Hälfte der Personen kannte er auf Anhieb, einige wiederum waren ihm gänzlich unbekannt.

»Kannst du damit etwas anfangen?«, fragte Karin, nachdem sie den letzten Namen durchgegeben hatte.

»Einige sind mir sehr wohl bekannt. Es sind hohe Herren aus dem Rathaus sowie Sportfunktionäre und Politiker. Andere Namen wiederum habe ich noch nie gehört.«

»Sag mir welche, und ich werde versuchen, etwas über sie herauszubekommen.«

»Gut … Moment.« Er ging die Liste von oben nach unten durch und nannte Karin die ihm unbekannten Namen.

»Wie lief es übrigens mit dem Kommissar?«, wollte Konrad anschließend wissen.

»Ich habe ihm alles erzählt, wie du es mir geraten hast.«

»Und?«

»Er hat mir aufmerksam zugehört und war mir gar nicht böse.«

»Siehst du. Es ist meist besser, die uneingeschränkte Wahrheit auszusprechen, als um eine bestimmte Sache herumzureden.«

»Das sehe ich jetzt auch so. Allerdings …«

»Ja?«

»Er war auf dich sehr böse, weil du nicht von Anfang an alles gesagt hast.«

»Ach, das legt sich schon wieder.«

»Das hoffe ich doch. Er hält im Übrigen unsere Theorie vom Ministerpräsidenten und den Ehrengästen für absoluten Quatsch. Vielmehr will er nichts von einem Attentat, wenn auch nur geplant, hören. Im Gegenteil: Er hat sogar davor gewarnt, unnötig Panik zu verbreiten.«

»Das ist typisch für ihn. Anders hätte ich es auch gar nicht erwartet.«

»Du kennst ihn schon länger … Außerdem ist für mich der Fall jetzt sowieso abgeschlossen.«

»Warum denn das? Es gilt doch immerhin noch einen Mörder zu fassen.«

»Schon! Ich sagte ja auch, für mich. Langner hat mich von dem Fall abgezogen. Ich muss jetzt einen Handtaschendiebstahl untersuchen, der gar kein Diebstahl war. Die Überfallene, eine Dame im fortgeschrittenen Alter, hat den Dieb ordentlich ausgeschimpft und ihn so vertrieben. Aber die Polizei ermittelt natürlich weiter.«

»Oh nein, und wer hält mich jetzt über den Mord auf dem Laufenden.«

»Keine Sorge, ich bekomme hier einiges auch nebenbei mit. Ich sag dir Bescheid, sobald ich etwas Neues höre.«

»Das ist gut, zumal ich mit deiner Hilfe gerechnet habe.«

»Ich werde dir natürlich, im Rahmen meiner Möglichkeiten, weiterhin helfen. Zuerst einmal, wie schon gesagt, beim Beschaffen von Informationen über die unbekannten Personen. Aber …«

»Aber?«

»Ach, weißt du, Konrad … ganz ehrlich: Ich würde es für besser halten, wenn du die ganze Sache der Polizei überlassen würdest. Solltest du recht behalten und der Mörder ist unter den Ehrengästen, könnte die Sache nämlich extrem gefährlich werden.«

»Allerdings vermute ich den Mörder im Stadion! Auf der anderen Seite habe ich aber auch meine Bedenken. Er hat einen gesuchten Auftragskiller umgebracht. Irgendetwas stimmt da nicht.«

»Konrad, bitte«, unterbrach die Polizistin, »du hast keine Beweise.«

»Karin! Ich habe aber so ein Gefühl – und zwar ein schlechtes.«

Eine Gesprächspause trat ein. Konrad spürte förmlich, wie am anderen Ende der Leitung Pro und Contra abgewogen wurden.

Schließlich ergriff Karin wieder das Wort: »Schon in Ordnung. Ich will dir ja helfen. Du hast einfach etwas Unwiderstehliches an dir.«

»Das ist lieb. Vielen Dank!«

»Ich besorge also die Informationen, so gut es mir möglich ist, und melde mich danach sofort wieder bei dir.«

»Super, Karin, bis nachher.«

Konrad blickte sich zuerst einmal um, nachdem er das Gespräch beendet hatte. Er stand mitten auf dem Weg, das Mountainbike zwischen die Beine geklemmt. Sein Rucksack lag neben ihm auf dem Boden und in den Händen hielt er den Schreibblock samt Stift und natürlich sein Handy. Schlurfende Schritte auf dem Forstweg hinter ihm schreckten ihn auf. Er drehte sich um und entdeckte einen Wanderer, der sich in raschem Tempo näherte. Als dieser Konrad erreicht hatte, grüßte er freundlich. Jedoch war ein fragender Gesichtsausdruck unverkennbar. Der Mann, ausgestattet mit Kniebundhose und einem karierten Baumwollhemd, blieb stehen, als Konrad seinen Gruß erwiderte.

»Haut Se an Pladda?«, fragte der Wanderer in bestem Schwäbisch.

»Nein, nein. Alles in Ordnung.«

»No isch guat, sonschd häde Ihna kolfa.« Mit einem Blick auf Konrads Schreibblock fuhr er fort: »Sind Se vielleicht Schreiberling?«

»Auch nicht. Dazu fehlt mir das Talent.«

»Ja, no isch elles klar. An schena Dag no.« Mit einem Winken setzte der Mann seinen Weg fort.

Konrad sah lächelnd hinterher. Die nette Art des Fremden und dessen Hilfsbereitschaft war angenehm gewesen, auch wenn er ihn enttäuschen musste: Er war weder Schriftsteller noch hatte sein Rad einen Plattfuß.

In etwa dreißig Metern Entfernung hatte Konrad eine Bank entdeckt, auf die er jetzt zusteuerte. Er lehnte sein Rad an, griff nach seiner Trinkflasche und nahm Platz. In aller Ruhe ging er nochmal die Namen durch, die ihm Karin gerade diktiert hatte. Außerdem beschloss er, zu Hause im Internet zu recherchieren, um sich so ein besseres Bild über die Personen machen zu können. Dabei fiel ihm ein, dass er noch die Karten für Gerds Jugendmannschaft abholen musste. Vorher sollte er allerdings rasch in seiner Wohnung vorbeifahren, um ein paar Happen zu essen. Ein Blick auf seinen Fahrradcomputer zeigte ihm, dass es schon fast halb eins war. Rasch verstaute er den Block und die jetzt leere Trinkflasche im Rucksack und bestieg sein Fahrrad. Nur wenige kräftige Tritte in die Pedale genügten, um das Rad in Schwung zu bringen. Weitere waren nicht notwendig, da das Gefälle stetig zunahm. Doch schon nach wenigen hundert Metern machte er eine Vollbremsung und kam an der Abzweigung zu einem ansehnlichen Bauernhof zum Stehen. Siedend heiß war ihm eingefallen, dass er zu Hause gar nichts zu essen hatte. Also holte er abermals sein Handy hervor, jetzt allerdings, um selbst anzurufen. Er wählte die Nummer einer Pizzeria, an der er auf seinem Weg sowieso vorbeikommen würde. Bereits nach dem zweiten Klingeln meldete sich das Lokal und er konnte eine Schinken-Pilz-Pizza bestellen. Als Bedingung gab er vor, sie in zehn Minuten abholen zu wollen.

»Das ist für einen Italiener kein Problem!«, war die Antwort. Also setzte er sich wieder in den Sattel und ließ sein Rad – dieses Mal sogar ohne anzutreten – gemütlich dem Ort entgegenrollen.

Mit einer Pizza im Rucksack erreichte Konrad nass geschwitzt seine Wohnung. Trotzdem entschied er, zuerst zu essen und der Dusche erst hinterher einen Besuch abzustatten. Die Pizza schmeckte köstlich, wohl aber auch aus dem Grund, weil es die erste feste Nahrung war, die er heute zu sich nahm. Nach dem Duschen prüfte er zuerst sein Handy: Karin hatte sich noch nicht gemeldet. Er brühte sich noch eine schnelle Tasse Kaffee auf, um danach erfrischt und gestärkt das Haus in Richtung Ebingen zu verlassen, um die Karten abzuholen.

Sein Vater hatte ihm exakt den Weg zum Haus seines alten Freundes beschrieben, so dass Konrad keine Mühe hatte, es zu finden. Durch einen gepflegten Vorgarten führte ein mit Waschbetonplatten gepflasterter Weg zur Eingangstür. Statt Gartenzwergen waren kleine Fußballerfiguren im Rasen aufgestellt. Als Konrad klingelte, war auch nicht das übliche Läuten zu hören, sondern ein Geräusch, welches sich wie ein Pfiff aus einer Schiedsrichterpfeife anhörte. Konrad erinnerte sich an die Worte seines Vaters: »Ein netter Kerl, aber völlig fußballverrückt!«

Es dauerte geraume Zeit, bis von drinnen Schritte zu hören waren. Konrad erwartete entweder jemanden im Fußballdress oder aber in schwarzer Schiedsrichterkluft, die Pfeife zwischen den Zähnen. Als die Tür schließlich geöffnet wurde, stellte sich heraus, dass er mit seiner Vermutung gar nicht so weit danebengelegen hatte: Vor ihm stand ein Mann, ein wenig älter als sein Vater, der einen schon etwas in die Jahre gekommenen Trainingsanzug trug. Dunkelblau mit dicken weißen Streifen an Ärmel und Hose. »Der sieht aus wie beim ›Wunder von Bern‹«, durchfuhr es Konrad.

»Aha – der Sohn von Martin Landberg. Ich habe dich erwartet«, waren die ersten, unwahrscheinlich schnell gesprochenen Worte des Mannes.

»Genau der. Ich komme, um die …«

»Jetzt mal ganz langsam«, unterbrach der Alte mit Worten, die wie aus einem Schnellfeuergewehr geschossen kamen. »Zuerst nimmst du mal die Eintrittskarten an dich. Was haben die sich nur dabei gedacht, einer Fußballmannschaft nur fünf Karten zu geben?« Während seiner Worte hatte der Mann kehrtgemacht und war im Haus verschwunden. Nur wenige Sekunden später hörte man ihn wieder: »Worauf wartest du? Komm rein!«

Zögerlich betrat Konrad das Haus und zog die Tür hinter sich zu. Er befand sich in einem langen Flur, von dem mehrere Türen links und rechts abzweigten. Langsam streifte er den Gang entlang und betrachtete fasziniert die Wände. Diese waren förmlich tapeziert mit Fußballbildern aller Art: Spielszenen, Mannschaftsfotos und Einzelporträts wechselten sich ab mit Wimpeln und Zeitungsausschnitten. Viele der Bilder waren in Schwarz-Weiß, einige in Farbe. Auf manchen erkannte Konrad bekannte Gesichter. Lokale Fußballgrößen waren neben Bildern von Fritz Walter, Uwe Seeler und Gerd Müller zu sehen. Das Bild des Bombers der Nation erinnerte Konrad wieder an seinen Schwager Gerd und den Grund seines Besuchs. Er wusste jedoch nicht, hinter welcher Tür der Alte verschwunden war, und so ging Konrad weiter im Flur auf und ab, um auf ihn zu warten.

Nach einiger Zeit hörte er Geräusche aus einem anliegenden Zimmer. Kurze Zeit später tauchte der Mann auf. Sein Blick glitt an den Wänden des Flurs entlang, so, als wolle er sich vergewissern, dass noch alle Bilder da waren. Der Alte schien mit dem Ergebnis seiner Prüfung zufrieden zu sein. Ein stummes Lächeln hob die Mundwinkel seines Gesichts. Er machte einen Schritt auf Konrad zu und übergab ihm ein Kuvert. »Hier sind die Karten. Nichts zu danken.« Dies sagte er, obwohl Konrad ihm gar nicht gedankt hatte.

Mit einem Nicken nahm Konrad den Umschlag entgegen, verspürte aber zudem das Bedürfnis, dem Alten noch etwas Nettes zu sagen: »Eine tolle Sammlung haben Sie hier.« Er zeigte auf die Bilder an den Wänden.

Sofort schien der Mann einige Zentimeter größer zu werden. »Nicht wahr? Inzwischen sind die Wände hier im Flur so voll, dass ich ins Wohnzimmer ausweichen musste. Komm, ich zeige es dir.«

Er ging zurück in das Zimmer, aus dem er gerade herausgekommen war. Konrad folgte ihm. Die Möbel im Wohnzimmer waren nicht mehr die modernsten, dennoch war der Raum sehr sauber und gepflegt. Eine in die Jahre gekommene, gelbliche Polstergarnitur rahmte einen massiven Holztisch ein. Auf diesem stand eine silberne Schale. Konrad musste ein zweites Mal hinsehen. Tatsächlich, es handelte sich dabei um eine Nacharbeit einer Schale, die dem deutschen Fußballmeister am Ende einer Saison überreicht wurde. Gegenüber dem Sofa stand auf einer halbhohen Kommode ein Fernsehgerät. Ein rotes Lämpchen zeigte, dass dieses auf Standby geschaltet war.

Und dann die Wände! Genauso wie im Flur waren sie übersät mit Fußballmotiven aller Art.

»Da!« Der Alte riss Konrad aus seinen Gedanken. »Auf diesem Mannschaftsbild ist dein Vater zu sehen. Rechts, kniend, neben dem Torwart.«

Konrad trat näher. Auf dem leicht verschwommenen schwarz-weißen Foto konnte man die Gesichter eher erahnen als erkennen. Trotzdem war Konrad fasziniert. Sein alter Herr von einer Seite, die er nur wenig an ihm kannte.

»Hier übrigens ist eines meiner neueren Bilder. Es war – glaube ich – Anfang letzten Jahres bei einem Treffen von ehemaligen Gönnern und Funktionären des Vereins. Die sind übrigens alle zum Bayernspiel eingeladen.

Konrads Aufmerksamkeit war geweckt. Intensiv betrachtete er das Foto. Es zeigte acht meist ältere Herren, in einer friedlichen Runde an einem Tisch sitzend. Alle Köpfe waren der Kamera zugewandt. Plötzlich stockte Konrads Atem. Wie mit Geisterstimme gesprochen hörte er die letzten Worte des Toten: »Der dunkle Weiße … Nebel Mister … Fußballspiel … Schuss …« Sein Blick war starr auf die erste Person links im Bild gerichtet. Die Stimme versagte ihm. Er hob den Zeigefinger und deutete auf die Fotografie. Der Alte sah ihn verständnislos an. Erst jetzt gelang es Konrad zu fragen: »Wer ist das?«

»Das ist Günther Neusässer. Früher ein bedeutender Sponsor des Vereins.«

Konrad schluckte. Es war wie eine Erleuchtung für ihn. »Der dunkle Weiße …« Der Mann auf dem Bild war braungebrannt, fast dunkel und hatte schneeweißes Haar – und er war von Karin als Ehrengast beim Bayernspiel genannt worden.

# 13

Nur einen kurzen Gruß und ein flüchtiges Dankeschön hatte Konrad für den Alten übrig. Er stürzte förmlich aus dem Haus und hastete zu seinem Wagen. Noch im Laufen holte er sein Handy hervor und wählte Karins Nummer. Er wollte, nein, musste über seine Entdeckung reden. Gerade als er den Citroën aufschloss, wurde das Gespräch angenommen. Doch bevor Konrad etwas sagen konnte, ergriff die junge Polizistin das Wort: »Konrad, es ist jetzt gerade äußerst ungünstig. Ich bin mitten in einer Zeugenvernehmung. Ich rufe zurück.«

Konrad hatte keine Chance etwas zu entgegnen. Karin hatte schon wieder aufgelegt. Leicht genervt schielte er auf sein Handy: Anrufende. Gesprächsdauer 0:07 Minuten, stand da zu lesen.

Er überlegte. Günther Neusässer! Ja, der musste es sein. Konrad hatte keine Zweifel, den Mörder gefunden zu haben. Aber was war jetzt zu tun? Schließlich fasste er den Entschluss, sich auf jeden Fall zuerst mit Karin abzusprechen. Dazu jedoch musste er wohl oder übel warten, bis sie sich wieder meldete. Was blieb ihm übrig?

Inzwischen wollte er nicht untätig warten, sondern zu Hause im Internet recherchieren, um vielleicht irgendetwas über diesen Neusässer in Erfahrung bringen zu können. Er startete seinen Wagen, überquerte die B 463 über die Karlsbrücke, um schnell zurück nach Truchtelfingen zu gelangen.

Zu Hause angekommen schaltete er als Erstes den Computer ein. Erst danach öffnete er das Kuvert mit den Eintrittskarten. Nachdem er sich davon überzeugt hatte, dass hier alles seine Richtigkeit hatte, steckte er die Karten zurück und versorgte sich mit genügend gekühlten Getränken. Inzwischen war auch der PC hochgefahren. Mit den ersten Klicks fragte er seine E-Mails ab. Es waren jedoch keine neuen Nachrichten eingegangen. Danach öffnete er seinen Internetbrowser und gab den Namen »Günther Neusässer« in die Suchmaschine ein. Das Ergebnis war mäßig und half Konrad nicht wirklich weiter. Auch als er die Suchbegriffe variierte, waren die Resultate nicht wesentlich besser. Nach geraumer Zeit stellte er seine Nachforschungen ein.

Immerhin, so viel hatte er herausgefunden: Neusässer hatte eine Firma in Albstadt gehört, die aber schon vor längerer Zeit bankrottgegangen war.

Konrad betrat seinen Balkon, stützte sich mit den Unterarmen auf das Geländer und betrachtete den gepflegten Garten des Hauses. Er bewohnte den oberen Stock zur Miete, während in den beiden unteren Stockwerken der Vermieter selbst zu Hause war. Er war Arzt im Ruhestand. Mit ihm verstand sich Konrad außergewöhnlich gut, das heißt, wenn dieser gerade einmal in Albstadt war. Die meiste Zeit nämlich verbrachte der Arzt mit seiner Frau auf der portugiesischen Insel Madeira. Er war ein alter Freund seines Vaters, und so war Konrad auch an diese Wohnung gekommen. Das Ehepaar war froh, jemand Verlässlichen im Haus zu wissen, wenn sie unterwegs waren. In dieser Zeit kümmerte sich die Schwester des Vermieters um die Pflanzen im Haus und Garten. Gerade dachte Konrad an sie und daran, dass er sie schon lange nicht mehr gesehen hatte, als ihm plötzlich einfiel, dass er es wieder einmal versäumt hatte, sich bei Lena zu melden. In diesem Augenblick klingelte sein Handy. Er hastete hinein zum Tisch, auf dem das Gerät lag. Ein schneller Blick auf das Display zeigte ihm, dass es Karin war, die anrief.

»Hallo, Karin!«, meldete er sich deswegen sogleich.

»Hallo, Konrad. Jetzt habe ich Zeit für dich. Ich habe gerade die ältere Dame befragt, die allein durch ihre Schimpferei den mutmaßlichen Handtaschendieb in die Flucht geschlagen hat. Das mit der ›Dame‹ nehme ich übrigens wieder zurück – ein Wunder, dass der Dieb bei ihrer Wortwahl nicht in Ohnmacht gefallen ist. Dabei sieht sie so lieb und unscheinbar aus. Es hat so lange gedauert, weil ich unbedingt noch ihren Entkoffeinierten und den Grührda probieren sollte. Der Kuchen war aber wirklich gut.«

»Das ist ja interessant. Bei mir ist es weniger spannend. Ich weiß jetzt nur, wer der Mörder ist.«

»Was?«

»Ja. Ich habe ihn auf einem Bild gesehen.«

»Aber Konrad, das ist ... Erzähl!«

Konrad berichtete von seinem Besuch bei dem alten Fußballfan, seiner Entdeckung und den Schlussfolgerungen, die er daraus gezogen hatte. Nämlich, dass der »dunkle Weiße« beim »Fußballspiel« genau jener braungebrannte, weißhaarige Neusässer war, der beim Bayernspiel einen Platz auf der Ehrentribüne hatte.

»Das klingt irgendwie plausibel und doch haben wir keine Beweise«, hörte Konrad Karin nach einer kurzen Pause sagen.

»Wir haben aber meine Intuition. Glaube mir, dieser Neusässer hat etwas mit der Sache zu tun!«

Karin antwortete nicht, sondern blätterte in irgendwelchen Unterlagen. So jedenfalls deutete Konrad das Geräusch, das er am anderen Ende der Leitung hörte. Nach einer Weile meldete sich Karin wieder zu Wort: »Du mit deiner Intuition, aber der Name steht in der Tat auf der Liste der Ehrengäste.«

»Genau! Und jetzt hätte ich noch eine Bitte: Könntest du mehr über diesen Mann herausfinden?«

»Klar. Das hätte ich sowieso gemacht. Ich bin jetzt auf dem Weg ins Präsidium. Sobald ich etwas herausgefunden habe, melde ich mich bei dir.«

»Super! Dann bis nachher.«

Konrad legte das Handy zurück auf den Tisch und streckte sich auf dem Sofa aus. Er musste nachdenken. Waren seine Gedanken richtig, seine Schlüsse haltbar? Während er vorhin Karin seine Gedanken darlegte, hatte er einen anderen Blickwinkel auf die Sache bekommen. Seine Vermutungen gründeten sich auf die Annahme, dass ein sterbendes Mordopfer wohl versuchte, seinen Mörder zu nennen. Oder gab es hier doch noch andere Möglichkeiten und wenn ja, welche? Er raffte sich auf, um mit Hilfe des Internets diesem Problem auf den Grund zu gehen. Vorher jedoch wollte er sich frischen Kaffee aufbrühen und etwas dazu essen. Doch nach einem Blick in seine Küchenschränke, in denen er lediglich Hundeknochen für Pius, den Hund seiner Schwester Marion, fand, beschloss Konrad das Essen erst einmal zu verschieben. Eine halbe Stunde und zwei Kaffeetassen später zeigte sich sein Magen jedoch wenig einsichtig. Konrad riss sich vom Computer los, um zum Einkaufen zu fahren.

Gut fünfundvierzig Minuten später hatte ihn der PC wieder. In der linken Hand hielt er eine mit Butter bestrichene Laugenbrezel, während er mit der rechten die Computermaus über den Bildschirm bewegte. Zu seinem Verdruss waren die Internetrecherchen nach wie vor unbefriedigend. Er musste an Karin denken. Ob sie wohl schon etwas über Neusässer herausgefunden hatte?

In diesem Moment ertönte die Türglocke. Etwas überrascht griff Konrad zum Hörer der Sprechanlage: »Ja?«

»Ich bin es – Karin! Kann ich reinkommen?«

»Karin! Natürlich, einen kleinen Moment, ich öffne die Tür.«

Konrad betätigte den Türöffner und beeilte sich danach zur Haustür zu gelangen. Die Polizistin war vor der offenen Tür stehen geblieben, als sie Konrad auf der Treppe gehört hatte.

»Hallo, Konrad. Es gibt Neuigkeiten! Und da ich Feierabend habe, dachte ich, ich komme persönlich vorbei.«

»Das ist nett. Komm doch mit nach oben. Wie hast du das Haus gefunden?«

»Aber bitte – ich bin doch bei der Polizei. Wir wissen alles!«

»Ja, natürlich. Das habe ich vergessen. Oben könntest du mir die Lottozahlen von morgen noch kurz mitteilen.«

Ohne etwas zu entgegnen, aber mit einem breiten Grinsen folgte die Polizistin Konrad hinauf in die Wohnung. Ihre Blicke schweiften interessiert durch das Wohnzimmer und blieben am Computer hängen. »Hast du noch etwas herausgefunden?«, fragte sie eher beiläufig.

»Nicht wirklich. Darf ich dir etwas anbieten?«

»Hier duftet es so toll nach Kaffee. Eine Tasse wäre nicht schlecht.«

»Gerne.« Konrad entfernte sich in die Küche, um gleich darauf mit zwei Kaffeetassen wieder zu erscheinen. »Setzen wir uns auf den Balkon. Du musst mir sofort berichten. Ich bin wahnsinnig gespannt.«

Noch bevor Karin jedoch neben Konrad Platz nahm, genoss sie den Ausblick, der sich ihr bot. »Du wohnst sehr schön hier«, sagte sie bewundernd, »jetzt fehlt nur noch ein See da unten.« Sie deutete talabwärts.

»Wir arbeiten noch an einer Zwangsumsiedlung, bevor wir die Staumauer bauen.«

»Wirklich?«

»Nein, das war nur ein Witz.«

»Ach … also Konrad …« Jetzt nahm die Polizistin Platz und einen Schluck aus der Kaffeetasse. Danach begann sie mit ernster Miene: »Ich fürchte, deine Theorie mit diesem Neusässer als Täter können wir vergessen.«

»Aber warum denn?«

»Ich habe Kommissar Langner von meinen Vermutungen berichtet.«

»Und?«

»Er hat geflucht und gesagt, du sollst endlich die Finger von der Sache lassen.«

»Typisch!«

»Trotzdem hat er Nachforschungen angestellt und zwar umgehend.«

Konrad hob neugierig den Kopf.

»Neusässer wohnt mit seiner Frau in Leipzig und hat für die Tatzeit ein wasserdichtes Alibi: Er war mit dem Polizeichef und anderen hochrangigen Leuten bei der Einweihung einer Kindertagesstätte.«

Konrad schüttelte irritiert den Kopf, als ob er Karins Worte nicht verstanden hätte. Für ihn war Neusässer eindeutig der Täter gewesen. Die Beschreibung passte und was sollte der Überfallene sonst bezweckt haben, als einen Hinweis auf den Täter zu geben? Konrad war die Enttäuschung anzusehen, als er fragte: »Seid ihr euch da ganz sicher? Kann es keine Verwechslung geben?«

»Leider nein. Neusässer war zu besagter Zeit definitiv in Leipzig.«

Konrad kaute mehr an der Tasse, als er Kaffee daraus trank. Schließlich resignierte er und sagte: »Und ich war mir ganz sicher, dass dieser Günther Neusässer etwas mit der Sache zu tun hat. Warum steht er dann auf der Liste der Ehrengäste, wenn er in Leipzig ist?«

»Oh – das hat schon seine Richtigkeit. Er ist gerade auf dem Weg nach Albstadt.«

»Tatsächlich?« Konrad fasste neuen Mut. »Also doch …« Ein Kribbeln durchzog seinen Bauch. Er konnte es nur nicht deuten.

»Was meinst du?«, fragte Karin.

»Ich kann es dir leider nicht sagen, weil ich es selbst nicht weiß. Noch nicht.«

»Und was machen wir jetzt?« Die Polizistin wirkte leicht verunsichert.

Konrad stand auf, um sein pochendes Herz zu beruhigen. »Wir müssen mehr über diesen Neusässer in Erfahrung bringen. Da er von hier stammt, ist wohl mein Vater die richtige Anlaufstation. Er weiß bestimmt Näheres oder kennt zumindest jemanden, der etwas weiß. Komm – wir fahren zu meinen Eltern.«

Etwas verblüfft erhob sich Karin. »Zu deinen Eltern? Nach Hause? Aber nicht, dass die denken, ihnen wird die neue Schwiegertochter vorgestellt …«

»Keine Angst«, schmunzelte Konrad, »du musst ihnen nur deinen Polizeiausweis zeigen. Das macht meinen Vater lammfromm. Er ist dann froh, wenn er nicht verhaftet wird.

Konrad schnappte noch schnell die Eintrittskarten für das Bayernspiel, bevor sie sich auf den Weg machten. Vor dem Haus wartete Karin schon. Mit skeptischer Miene betrachtete sie Konrads Citroën.

»Er hat aber noch ein halbes Jahr TÜV!«, rief ihr Konrad entgegen. »Ich bin sogar guter Dinge, dass er es nochmal zwei Jahre schafft.«

»Als Oldtimer vielleicht«, lachte Karin. »Ich wusste gar nicht, dass es dieses Modell noch gibt.«

»Den ZX? Er ist fünfzehn Jahre alt und hat sogar schon Zentralverriegelung über Funk am Schlüssel. Das heißt: hatte … Seit einiger Zeit funktioniert sie nicht mehr richtig.«

»Nicht mehr richtig?«

»Na ja – eigentlich gar nicht mehr. Das letzte Mal, als sie noch in Ordnung war, hatten wir noch die 19 vor der Jahreszahl.«

»Aber sonst hast du keine Probleme mit dem Wagen?«

»Keine nennenswerten.«

»Gut. Ich fahre übrigens selbst.«

»Wie du meinst. Ich werde langsam fahren, damit du mir folgen kannst.« Konrad zwinkerte mit dem linken Auge, bevor er einstieg, und hoffte inständig, dass der Motor beim ersten Mal anspringen würde.

Etwas überrascht war er, den Wagen seiner Schwester zu sehen, als er im Ebinger Raidental auf sein elterliches Haus zufuhr.

»Das ist günstig«, dachte er, »da kann ich ihr gleich die Karten mitgeben und muss nicht noch nach Pfeffingen fahren.« Schon als er ausstieg, hörte er das laute, donnernde Gelächter seines Vaters, ohne ihn jedoch zu sehen. Trotzdem wusste er, dass er sich auf der großen Terrasse neben dem Haus befand, die von der Straße aus nicht einsehbar war.

Inzwischen hatte auch Karin ihren Wagen geparkt und sich gespannt umblickend neben Konrad gestellt.

»Haus Sonnenberg – Ferienwohnungen«, las sie vom Schild im Garten ab. »Ach ja, deine Eltern vermieten Ferienwohnungen.«

»Ja, seit mein Vater Rentner ist. Wenn er keine Arbeit hat, kommt er auf dumme Gedanken, so jedenfalls denkt meine Mutter.«

»Das hört sich lustig an. Ich bin gespannt darauf, deine Eltern kennenzulernen.«

»Na dann gehen wir!«

Kaum hatten sie das Grundstück betreten, kam ein Schnauzer mit lautem Gebell auf sie zugerannt. »Pius!«, rief Konrad aus und ging in die Knie, um den Vierbeiner ausgiebig zu begrüßen. Dieser war ganz aufgeregt vor Freude und wackelte wie wild mit dem Schwanz. Auch Karin beugte sich nach vorn, um den Hund zu streicheln.

»Er gehört meiner Schwester«, erklärte Konrad.

»Süß. Meine Eltern hatten auch einen Hund. Einen Labrador-Retriever.«

Durch Pius' Gebell waren die Personen auf der Terrasse auf die Neuankömmlinge aufmerksam geworden. Die beiden traten näher und Konrad war gespannt, wen er antreffen würde. Als Erstes erblickte er seine Mutter, die eiligen Schrittes mit einem leeren Tablett in der Hand gerade im Haus verschwand. Um den großen, langen Tisch herum saßen vier Leute, von denen Konrad nur eine Person kannte. Dabei handelte sich um die Nachbarin Bärbel – eigentlich Barbara –, die schon, so lange er denken konnte, im Haus nebenan wohnte. Sie musste jetzt weit über siebzig sein, obwohl Konrad fand, dass sie noch immer so aussah wie damals, als er ein Kind gewesen war. Seine Kameraden und er hatten früher ihren Garten als Versteck beim Cowboy- und Indianerspielen benützt. Die Witwe veranstaltete jeden Montagabend eine Kartenspielrunde. Interessant war, dass die Gruppe ausschließlich aus Männern bestand – außer Bärbel natürlich. Viele dieser Kartenspieler sah man auch an anderen Tagen bei Bärbel ein- und ausgehen. Die Leute fragten sich schon, was das wohl für ein Kartenspiel war, das man zu zweit spielen konnte und die ganze Nacht dauerte. Ebenfalls schon immer hatte Bärbel mit einer leichten Schwerhörigkeit zu kämpfen. Doch Konrads Vater vermutete, dass sie wohl eher nur das hören wollte, was ihr gefiel.

Ein Leuchten blitzte aus ihren Augen, als sie Konrad erkannte. Er zwinkerte ihr verschwörerisch zu, ein untrügliches Zeichen dafür, dass sich die beiden gut verstanden.

Die drei anderen Personen jedoch, zwei Männer und eine Frau, hatte Konrad noch nie gesehen. Hinter diesen Leuten standen Konrads Vater und seine Schwester Marion.

»Guten Tag zusammen«, rief Konrad in die Runde und steuerte auf seine Schwester zu. »Hallo, Marion, das ist aber geschickt, dich hier zu treffen. Ich habe etwas für deinen Mann.«

»Hallo, Bruderherz! Die Karten nehme ich an. Gerd wird dir und Vater ewig dankbar sein.«

»Na prima! Ich gebe dir schon mal meine Kontonummer!«

»Hat's geklappt mit den Karten?«, mischte sich Martin Landberg ins Gespräch ein.

»Ohne Probleme. Schon ein eigenartiger Kauz, dein Bekannter, und total fußballverrückt«, gab Konrad zurück. »Jetzt hätte ich aber einige wichtige Fragen an dich.«

»Willst du uns nicht zuerst deine Begleiterin vorstellen. Danach mache ich dich mit unseren Gästen bekannt.«

Obwohl Konrad seine Fragen unter den Nägeln brannten, erwiderte er: »Natürlich. Das ist Karin Berger, eine … äh … gute Bekannte.« Konrad wollte sie schon als Polizistin vorstellen, besann sich aber eines Besseren.

»Hallo, Frau Berger!«, begrüßte sie Martin Landberg und fügte hinzu: »Sind Sie aus Albstadt?«

»Nein, ich bin beruflich in der Stadt.«

»Dann haben Sie bestimmt auch mit Computern zu tun. Ab und zu ein Bit herumdrehen, wie Konrad immer sagt. Ich drehe nur das Geld herum. Und zwar zweimal, bevor ich es ausgebe.« Ein ansteckendes Lachen folgte den Worten von Konrads Vater. Die Gäste, die das Gespräch verfolgt hatten, fielen in das Lachen ein. Als er wieder genügend Luft zum Reden hatte, fuhr Landberg fort: »Also, die Bärbel kennst du ja«, begann er die Personen am Tisch vorzustellen.

»Konrad, es ist schön, dich zu sehen«, ergriff Bärbel das Wort, »und deine Verlobte hast du auch mitgebracht!«

»Es ist nicht meine Verlobte«, fiel ihr Konrad ins Wort.

Bärbel jedoch fuhr unbeirrt fort: »Es ist nett, wenn sich zwei junge Leute so gut verstehen. Bei dir wird es ja auch langsam Zeit, ans Heiraten zu denken.«

»Bärbel!«, rief Konrad. Sofort kehrte er aber wieder zur normalen Lautstärke zurück, als er sagte: »Ja, da hast du recht.« Er hatte keine Lust, sich mit ihr jetzt und hier auf eine Diskussion einzulassen.

»Ja, ich weiß, von was ich rede. Es ist nicht einfach, wenn man keinen Mann hat. Mein Gustav ist ja schon vor 35 Jahren gestorben. Seither bin ich allein.«

Konrad zog unmerklich seine Augenbrauen in die Höhe. So ganz allein war Bärbel nun wirklich nicht. Ja, man konnte fast sagen, dass das Gegenteil der Fall war, wenn man an ihre allwöchentlichen Kartenabende dachte.

Unterdessen fuhr Martin Landberg fort, seine Gäste vorzustellen. Ein junges Paar – beide 23 Jahre alt und nicht verheiratet – weilte nun schon beinahe eine Woche in Albstadt. Sie kamen aus Oldenburg und waren begeisterte Wanderer und Radfahrer. Wie der Mann allerdings bemerkte, kamen sie viel zu wenig zu ihrem Hobby, da es in der näheren Umgebung so viel Lohnenswertes gab. Gerade waren sie von einem Besuch der Burg Hohenzollern zurückgekehrt. Die junge Frau erwähnte, sie hätte am liebsten die Filzpantoffeln mitgenommen, die man sich bei der Besichtigung der Räume über die Schuhe ziehen musste, um den wertvollen Boden zu schonen.

»Das hätte den Vorteil, dass man zu Hause ganz deutlich sehen würde, wer die Pantoffeln anhat«, scherzte Konrads

Vater, und wieder brach die Gesellschaft in ein donnerndes Gelächter aus.

Zuletzt stellte Martin Landberg den letzten Unbekannten vor. Dabei handelte es sich um einen Mann, um die sechzig, der erst vor zwei Stunden die andere momentan leer stehende Ferienwohnung bezogen hatte. Schon sein Aussehen ließ auf eine ungewöhnliche Persönlichkeit schließen. Er hatte graues, längeres Haar, welches zerzaust vom Kopf abstand. Konrad fühlte sich sofort an das Poster von Albert Einstein erinnert, auf welchem dieser seine Zunge herausstreckt. Allerdings war das Gesicht des Mannes ein völlig anderes als das Einsteins: Es war nahezu kreisrund und vollkommen glattrasiert. Die kleinen, listigen Augen waren ständig in Bewegung und nichts schien ihnen zu entgehen. Der Mann machte einen leicht zerstreuten, aber durchaus sympathischen Eindruck. Sein Name war Reto von Hohenfels und es stellte sich heraus, dass er in der Tat adliger Abstammung war. Als Erbe eines beträchtlichen Vermögens war er in der Lage, sein Leben ausschließlich seinen Leidenschaften zu widmen und nicht einer geregelten Arbeit nachgehen zu müssen, wie Martin Landberg Konrad und Karin erklärte. Dabei legte er auf Geld und Luxus überhaupt keinen Wert, sonst wäre er wohl kaum in einer Ferienwohnung abgestiegen, sondern eher in einem pompösen Hotel.

Die momentan einzige und somit größte Leidenschaft des Herrn von Hohenfels waren außergewöhnlich mysteriöse Geschichten, auf die er schon vor mehreren Jahren gestoßen war und die ihn seither nicht mehr losgelassen hatten. Gerade als Karin und Konrad erschienen waren, wollte er damit beginnen, über diese Dinge zu berichten. Nachdem sich die beiden Stühle an den Tisch herangezogen und Platz genommen hatten, begann Reto von Hohenfels zu erzählen:

»Ich bin dieser Gestalt das erste Mal vor fast zehn Jahren begegnet. Und das, obwohl ich gar nicht nach ihr gesucht hatte. Ich verbrachte einige Tage in Oberbayern, in Bad Tölz. Sowohl die Gegend als auch die Kultur des Landes haben mich immer schon fasziniert. Der Zufall wollte es, dass ich bei einem Besuch im Kloster Benediktbeuern auf alte Schriften gestoßen bin. Ich interessierte mich für die Geschichte des Klosters und wie die berühmte Sammlung weltlicher und geistlicher Lieder, die *Carmina Burana*, wohl nach Benediktbeuern gekommen ist. Sie wissen doch sicher: Die Texte wurden 1937 von Carl Orff vertont und dadurch weltbekannt.

Bei diesen Recherchen also stieß ich auf einen Brief, in dem die Erscheinung einer seltsamen Frau beschrieben wurde. Laut dem anonymen Briefschreiber wurde die Geschichte schon über mehrere Generationen hinweg mündlich weitergegeben. Es soll im Jahre 954 gewesen sein, als einem Mönch des Klosters bei der Feldarbeit plötzlich eine Frau mittleren Alters begegnete. Der Mönch konnte sich nicht erklären, wo die Frau hergekommen war. Er hätte sie auf dem weiten Feld auf jeden Fall sehen müssen, als sie sich näherte. Die Frau – so wurde überliefert – trug einen weiten grauen Rock sowie eine schwarze, bis unters Kinn zugeknöpfte Bluse. Auffallend jedoch war ihr üppiges blond-gelbes Haar, welches unter einem gelben Kopftuch hervorquoll. Mit sanfter Stimme redete sie mit dem Mönch über die Feldarbeit, bis sie schließlich auf eine Gefahr zu sprechen kam, die dem Kloster drohte. Wilde Horden sollten einfallen, die Böses wollten. Danach verabschiedete sie sich, um sich schnell zu entfernen. Der Mönch blickte ihr ungläubig hinterher und beschloss, die Geschichte als Spinnerei einer Verwirrten abzutun. Er behielt die Begegnung für sich und erzählte sie niemandem.

Im darauffolgenden Jahr wurde das Kloster durch ungarische Horden bis auf die Grundmauern zerstört. Der Mönch überlebte schwer verletzt. Auf dem Sterbebett erst erzählte er von seiner Begegnung und der Prophezeiung der Frau, die er mit seinen letzten Worten als Goldene Frau bezeichnete.

Dies also war meine erste Begegnung mit der Goldenen Frau. Sie hat mich bis heute nicht mehr losgelassen. Mit einem leidenschaftlichen Eifer begann ich, sämtliche mir zugänglichen Archive in ganz Oberbayern zu durchforsten. Oft kostete mich dies enorme Überredungsgabe und einen bedeutenden Geldbetrag. Jedoch – eine Erwähnung der Goldenen Frau im Zusammenhang mit dem Kloster Benediktbeuern habe ich nicht mehr gefunden. Dafür jedoch anderes Material. Schriften, die noch viel erstaunlicher sind und die ganze Sache noch mysteriöser erscheinen lassen.

Im Kloster Ettal nämlich habe ich eine Abschrift eines Kapitels aus einem unbekannten Buch gefunden, in dem die Goldene Frau wieder auftaucht. Wohlgemerkt – über 600 Jahre später! Und zwar im Jahr 1633, der Dreißigjährige Krieg tobte, die Pest wütete. Eines Morgens machte sich ein Mönch aus dem Kloster Ettal ins wenige Kilometer entfernte Oberammergau auf, um nach bestem Wissen die dort herrschende Not zu lindern. Über achtzig Menschen waren in dem kleinen Ort schon von der Pest dahingerafft worden. Sein Weg führte vom Kloster an einem Froschteich vorbei hinein in den ruhigen Wald. Hier holte sich der Mönch die Kraft für den bevorstehenden Tag. Als er gerade um eine Biegung des Weges trat, gewahrte er eine Frau, die leichten Schrittes auf ihn zukam. Sie trug einen grauen Rock und eine schwarze Bluse. Ihr Haar leuchtete beinahe golden und wurde von einem Kopftuch zusammengehalten. Die Frau grüßte freundlich und fast hatte es den Anschein, als ob sie auf den Mönch gewartet hätte. Sie sprachen über die schwere Zeit und als sich der Mönch verabschiedete, sagte die Frau: ›Geht mit Gott und betet zu unserem Herrn. Gelobt dem Herrn einen wiederkehrenden Dienst und die Pest wird euch verschonen.‹ Der Mönch senkte seinen Blick, um eine Antwort für die ungeheuerlichen Worte der Frau zu finden. Jedoch – als er wieder aufsah, war die Frau verschwunden. Tief in sich gekehrt setzte der Mönch seinen Weg fort.

Er arbeitete den ganzen Tag hart, ohne dass ihm die Begegnung mit der seltsamen Frau aus dem Sinn ging. Abends schließlich, kurz vor seiner Rückkehr nach Ettal, entschloss er sich, dem Dorfvorsteher sein Erlebnis zu schildern. Dieser hörte ihm aufmerksam zu, um sich anschließend zur Beratung zurückzuziehen.

Nur wenige Tage später gelobten die Oberammergauer, alle zehn Jahre Passionsspiele aufzuführen, sollte die Pest sie verschonen. Das Wunder geschah – die schreckliche Krankheit kam zum Stillstand. Schon ein Jahr später, im Jahre 1634 an Pfingsten, fanden die ersten Passionsspiele in Oberammergau statt. Wenige Jahre später wurde der wiederkehrende Rhythmus der Spiele auf volle Zehnerjahre gelegt. Noch heute finden in Oberammergau alle zehn Jahre Passionsspiele statt.

So weit die Überlieferung. Sie können sich natürlich vorstellen, wie diese zweite Entdeckung auf mich gewirkt hat. Noch fieberhafter ging meine Suche weiter. Unzählige Schriften habe ich gelesen, ebenso viele Gespräche geführt – nicht umsonst: Vor ein paar Monaten bin ich in Murnau am Staffelsee – ebenfalls in Oberbayern – gleich auf zwei Schriften gestoßen, in denen von einer Frau mit goldenem Haar die Rede war.

Die erste etwas ausführlicher überlieferte Geschichte handelt vom Schmid von Kochel und den Geschehnissen in und um die verbürgte Sendlinger Mordweihnacht vom 24. auf den 25. Dezember 1705. München war in dieser Zeit von kaiserlich-österreichischen Truppen besetzt. Eine Folge des Spanischen Erbfolgekrieges. Einige tausend Bauern aus dem Oberland, unter der Führung von Balthasar Maier, dem Schmid von Kochel am Kochelsee, machten sich auf, München zu befreien. Kurz vor der Stadt bezogen die Männer noch einmal Quartier. Einer Nachtwache, einem jungen Burschen vom Walchensee, stand plötzlich eine Frau gegenüber, die wie aus dem Nichts in dieser dunklen Nacht aufgetaucht war. Auffallend war ihr goldenes, wuchtiges Haar und ihre sanfte Stimme, mit der sie auf den Bauernjungen einredete. Sie sprach von Verrat und davon, dass die kaiserlichen Truppen schon schwerbewaffnet auf sie warten würden. Noch ehe der Bursche entgegnen konnte, ihr Plan sei geheim und niemand ahne etwas davon, war die Frau wieder verschwunden.

Am nächsten Morgen berichtete der Junge von seiner Begegnung. Der Schmid jedoch tat dies als Traum eines Heranwachsenden ab, entsprungen aus seiner Angst. Die Truppen setzten sich in Bewegung und wurden, wie vorhergesagt, von Musketen und Kanonen der kaiserlichen Armee empfangen. Aufgrund ihrer spärlichen Bewaffnung und dem Überraschungsmoment hatten die Bauern dem nichts entgegenzusetzen. Sie flohen nach Sendling, damals ein kleines Dorf nahe München. Obwohl sie sich ergaben, wurden fast alle von den Kaiserlichen getötet. Als einer der Letzten starb der tapfere Schmid von Kochel, bis zuletzt mit der Fahne der Aufständischen in der Hand. Heute steht ein Denkmal aus Bronze in der Ortsmitte von Kochel, welches an den Schmid erinnert. Wie schon in Benediktbeuern wurde die Warnung der Goldenen Frau in den Wind geschlagen, so dass die Tragödie nicht mehr aufzuhalten war.

Die zweite Schrift nun, auf die ich in Murnau gestoßen bin, führt auf die Schwäbische Alb, nach Albstadt! Genau deswegen bin ich jetzt auch hier. In den Murnauer Unterlagen wurde von einer Begebenheit berichtet, die sich auf dem sogenannten Sieben-Kreuze-Weg abgespielt haben soll. Sicher kennen Sie als Albstädter diesen Weg. Er führt durch felsiges, steiles Gelände hier gegenüber an der Südseite des Ebinger Tales hinauf nach Meßstetten. In dem steinigen Boden des Weges wurden bis zu 35 Zentimeter tiefe Rillen gefunden; wie Gleise, zwei nebeneinander in einem Abstand von zirka 110 Zentimetern. Sie dienten – so nimmt man an – als Fahrspur für die Karren jener Zeit, damit diese in dem abschüssigen Gelände nicht abrutschten. Eine Theorie geht davon aus, dass dies Reste einer römischen Straße sind. Dagegen spricht allerdings, dass die Spurbreite der römischen Wagen in dieser Zeit zwischen 120 und 130 Zentimetern gelegen hat. Als nahezu sicher jedoch gilt, dass die Fahrrillen spätestens seit dem Jahr 1650 bestehen.

Der Name des Weges jedoch hat mit den in einen Felsen am Wegesrand gehauenen sieben Kreuzen zu tun. In einer Sage nämlich wird berichtet, dass auf diesem Weg eine siebenköpfige Familie den Tod fand, als ihr Wagen in die Tiefe abrutschte. Genau diese Sage wird in einem Brief erwähnt, den ich in Murnau gefunden habe:

Eine Familie, Vater, Mutter und fünf Kinder, waren auf dem Weg von Stetten am kalten Markt nach Ebingen unterwegs. Es begann schon zu dämmern und am Himmel zogen sich bedrohliche, dunkle Wolken zusammen. Die schwüle Hitze trieb dem Vater den Schweiß aus den Poren. Er saß vorne im Wagen und lenkte den Einspänner mit sicherer Hand. Wie aus dem Nichts tauchte plötzlich eine Frau vor dem Wagen auf und gebot durch eine Handbewegung den Vater zum Anhalten. Die Frau wurde nicht beschrieben, es wurde lediglich erwähnt, dass sie langes, goldglänzendes Haar gehabt haben soll. Sie sprach mit ruhiger Stimme zu der Familie: ›Es zieht ein furchtbares Gewitter mit starkem Regen herauf. Fahrt nicht weiter! Wartet ab, bis es aufgehört hat und der Weg leidlich abgetrocknet ist.‹ Ohne auf eine Entgegnung zu warten, ging die Frau weiter und war alsbald hinter den nächsten Büschen verschwunden. Der Vater schaute seine Ehefrau an, die ängstlich den Blick zum Himmel gerichtet hatte.

›Wir sollten hier warten, bis das Gewitter vorüber ist‹, sagte sie.

›Ach was‹, entgegnete der Vater, ›wir haben es nicht mehr weit und sind längst in Ebingen, wenn das Unwetter hereinbricht.‹ Er schnalzte mit der Zunge und trieb das Pferd zur Weiterfahrt an. Am steilsten Stück des Weges angekommen, erhellte ein greller Blitz, gefolgt von einem tosenden Donnerschlag, den Wald. Gleich darauf begann es, wie aus Kübeln zu regnen. Innerhalb weniger Augenblicke war die Familie bis auf die Haut durchnässt. Auf dem Weg hatten sich schon Rinnsale gebildet. Beim nächsten Donnerschlag war das Pferd nicht mehr zu halten. Der Wagen rutschte über den Fels und stürzte samt Insassen in die Tiefe.

Wieder einmal hatte man der Warnung der Goldenen Frau nicht geglaubt und so konnte das Unglück nicht verhindert werden.

»Das ist ja unglaublich!«, rief Bärbel aus und bekreuzigte sich dabei. »Die Goldene Frau muss ein Engel gewesen sein.«

Reto von Hohenfels zuckte mit den Schultern: »Ich weiß es nicht, aber vielleicht verstehen Sie jetzt, warum mich die Suche nicht mehr loslässt. Noch heute möchte ich mir den Sieben-Kreuze-Weg anschauen und anschließend versuchen, im Stadtarchiv weitere Informationen zu erhalten.«

Die anderen Zuhörer waren noch immer von dem soeben Gehörten so beeindruckt, dass sie keine Worte fanden.

»Wie komme ich am schnellsten zum Sieben-Kreuze-Weg?«, fragte von Hohenfels deshalb weiter.

Daraufhin ergriff Martin Landberg das Wort: »Es ist nicht schwer zu finden. Sie biegen von der Straße zwischen Ebingen und Meßstetten nach der zweiten Spitzkehre nach links Richtung Sandgrube ab. Vom Wanderparkplatz Kühbuchen aus gehen Sie Richtung Wald. Dort finden Sie dann den Anfang der Rillen. Sie sind zudem ausgeschildert. Sie können es nicht verfehlen.«

»In Ordnung – ich mache mich sofort auf den Weg.« Mit diesen Worten war er auch schon aufgestanden, nicht jedoch ohne seinen Wein in einem Zug zu leeren. »Einen schönen Abend noch …«, hörte man ihn rufen, als er schon im Haus verschwunden war. Kurze Zeit später waren die quietschenden Reifen seines Wagens zu vernehmen, als er davonbrauste.

»Ein seltsamer Mann. Wie ein zerstreuter Professor«, sagte Bärbel.

»Seltsam oder nicht – er hat die Miete für zehn Tage im Voraus bezahlt, da kann man schon einmal hinter einer goldenen Frau her sein«, entgegnete Martin.

Kurze Zeit später löste sich die Gesellschaft endgültig auf. Bärbel ging nach Hause, versäumte es jedoch nicht, Konrad und seiner »Verlobten« mit zwinkernden Augen eine gute Nacht zu wünschen. Das junge Paar aus Norddeutschland verschwand in seiner Ferienwohnung und Mutter Hannelore räumte Flaschen und Gläser auf. Marion, Konrads Schwester, war mit Pius ebenfalls aufgebrochen. Sie hatte sich nochmals herzlich für die Eintrittskarten bedankt.

Nur Karin, Konrad und Martin Landberg saßen jetzt noch auf der Terrasse.

»Was wolltest du mich eigentlich vorhin fragen?«, wollte Martin Landberg von seinem Sohn wissen.

Dieser benötigte einige Sekunden, um seine Gedanken zu ordnen. »Es geht um einen gewissen Günther Neusässer. Er hat früher hier gewohnt und lebt jetzt in Ostdeutschland. Er hatte eine Firma und war wohl dem Fußballverein sehr verbunden.« Konrad versuchte seinem Vater so viele Informationen wie möglich zu geben, um seinem Gedächtnis auf die Sprünge zu helfen. Aber es war gar nicht nötig.

»Neusässer. Natürlich kenne ich den! Was willst du wissen und warum?«

»Warum, erkläre ich dir später.«

»Das hatte ich nicht anders erwartet.«

»Wissen? Wissen will ich alles über ihn.«

»Na gut. Er hatte wirklich eine Firma. Eine sehr gut gehende sogar. Dann gab es Ende der Achtzigerjahre irgendwelche privaten Probleme. Er verließ die Firma, um nach der Wende im Osten sein Geld zu investieren. Er war und ist, glaube ich, immer noch ein großer Sponsor des Fußballs.«

»Weißt du, welche privaten Probleme er hatte?«

Martin schloss die Augen, um sie kurze Zeit später leuchtend wieder zu öffnen. »Ah, jetzt erinnere ich mich. Die Firma gehörte ihm nicht allein. Es gab da einen zweiten Mann. Wenn ich mich recht erinnere, hat Neusässer diesem die Frau ausgespannt und danach sein Geld aus der Firma gezogen, um anschließend in den Osten zu verschwinden.«

»Was ist aus der Firma geworden?«

»Die hat noch im selben Jahr Bankrott angemeldet.«

Wie ein Blitz breiteten sich die Gedanken in Konrads Hirn aus. Fast wie zu sich selbst sagte er: »Was ist, wenn Neusässer nicht der Täter ist, sondern das Opfer?«

# 14

*Winter 1990*

Günther Neusässer hatte sich lange dagegen gewehrt, schließlich jedoch der Versuchung nicht widerstehen können. Jetzt lag Renate, die Frau seines besten Freundes Hardy, halb entkleidet neben ihm.

»An was denkst du, Sigi?«, fragte Renate, während sie zärtlich seine Schläfe streichelte. Sigi holte zweimal tief Atem, bevor er antwortete: »Ich denke, ich habe mich entschieden. Ich werde in den Osten ziehen. Dort tun sich jetzt nach der Wiedervereinigung ungeahnte Möglichkeiten auf. Und du kommst mit mir! Ich halte das ewige Versteckspiel nicht mehr aus. Außerdem denke ich, dass uns Hardy schon auf die Schliche gekommen ist.«

»Das ist nicht der Fall. Obwohl unsere Ehe kaputt ist, kenne ich ihn doch sehr genau. Wenn er etwas wüsste, hätte ich das bemerkt.«

»Wie auch immer. Die Ungewissheit, diese heimlichen Treffen hier in der Waldhütte – das kann ich alles nicht länger ertragen. Und bei der Arbeit müssen wir uns täglich verstellen.«

»Ach Sigi, ich liebe dich doch.«

»Ich liebe dich auch. Gerade deswegen müssen wir weg von hier.«

Renate rollte sich auf den Rücken. Lange blieb sie stumm. Endlich sagte sie: »Ja, Sigi, ich komme mit dir. Wir werden von hier verschwinden. Wohin du willst.«

Ein Lächeln flog über Sigis angespanntes Gesicht und er sagte: »Das ist wunderbar. Gleich morgen werde ich mit den Vorbereitungen beginnen. Hardy ist außer Haus. Er will versuchen eine alte Strickmaschine zu verkaufen. Er meint, wir müssen jede Chance nutzen, um an Geld zu kommen.«

In der Tat stand es momentan nicht besonders gut um die Firma. Nach mehr als fünfzehn »fetten« Jahren lief das Geschäft zunehmend schlechter. Teure Investitionen aus der Vergangenheit, die noch nicht bezahlt waren, lagen jetzt schwer auf der Tasche. Der Preisdruck wurde größer und Mitte des letzten Jahres hatten sie die ersten Arbeiter entlassen müssen.

Von der Aufbruchsstimmung, die nach dem Mauerfall in Deutschland herrschte, war in der Firma nichts zu spüren. Trotzdem reichten die bisher erwirtschafteten Rücklagen aus, um den Betrieb am Leben zu halten. Dies allerdings würde sich schlagartig ändern, sollte Sigi sein Geld aus der Firma ziehen.

Das Verhältnis von Hardy und Sigi war immer noch gut. Allerdings hatten sich in den letzten Krisenmonaten Schatten darüber gelegt. Einige heftige Streitereien die Unternehmensplanung betreffend waren nicht spurlos an den beiden vorübergegangen. Ende 1989 war es dann passiert: Sigi hatte ein Verhältnis mit der Frau seines Freundes begonnen. Renate und er arbeiteten, seit Renate nach ihrer Hochzeit in das Unternehmen eingetreten war, eng zusammen. Die beiden erledigten gemeinsam nahezu alle wichtigen schriftlichen Arbeiten der Firma. Ihr Verhältnis zueinander war schon immer über das einer freundschaftlichen Beziehung hinausgegangen. Selbst in jener Zeit, um 1980 herum, als Sigi Antonia, eine Italienerin, kennengelernt hatte. Bereits sechs Wochen später hatten die beiden in Las Vegas geheiratet, um sich neunzehn Monate später wieder scheiden zu lassen. Damals konnte Sigi immer sein Herz bei Renate ausschütten. Sie hatte stets ein offenes Ohr für ihn. Seit seiner Scheidung wollte Sigi mit Frauen nichts mehr zu tun haben. Er war jedes Wochenende auf dem Sportplatz anzutreffen. Selbst die Auswärtsspiele verpasste er nicht.

Für den 6. Dezember 1989 war Sigi zum 44. Geburtstag seines Freundes Hardy eingeladen worden. Die Feier sollte im engsten Rahmen stattfinden und Sigi der einzige Gast sein. Er erschien pünktlich zur verabredeten Zeit in Hardys Haus auf dem Lammerberg in Tailfingen. Allein, das Geburtstagskind war noch nicht zu Hause. Er hatte gerade bei Renate angerufen und mitgeteilt, dass er noch eine Stunde brauchen werde. Er sei gerade dabei, einige Versuche mit neuem Garn zu machen. Renate war außer sich vor Wut und schimpfte, bis sie schließlich bittere Tränen weinte. Sigi tröstete sie und plötzlich gab es kein Halten mehr. Sie umarmten und küssten sich leidenschaftlich und liebten sich wild auf dem Küchenboden. Als Hardy zwei Stunden später nach Hause kam, war Sigi längst gegangen. Das vorbereitete Essen war im Mülleimer gelandet und die Küche aufgeräumt worden.

Damals hatte das Verhältnis zwischen Renate und Sigi begonnen. Zuerst trafen sie sich an allen möglichen und unmöglichen Plätzen. In letzter Zeit jedoch war ihr Treffpunkt immer derselbe gewesen: Eine Hütte im Wald, die sich Hardy und Renate vor fünf Jahren angeschafft hatten. Sie befand sich in den Wäldern oberhalb von Truchtelfingen und war so versteckt, dass sich praktisch nie jemand hierher verirrte. Hardy hatte nur am Anfang Interesse an der Hütte gezeigt. Jetzt war er schon seit Jahren nicht mehr dort gewesen.

Wie mit Renate besprochen, begann Sigi bereits am nächsten Tag damit, seinen Abgang aus Albstadt vorzubereiten. Er wollte mit seinem Anteil an der Firma kräftig in die neuen Bundesländer investieren.

Schon im März des folgenden Jahres war es so weit. Alle Unklarheiten waren beiseite geräumt, die Verträge vorbereitet. Nun galt es nur noch Hardy davon in Kenntnis zu setzen. Doch so einfach, wie es sich Sigi ausgemalt hatte, war die Sache nicht. Wie sollte er seinem besten Freund seit Kindertagen sagen, dass er sich aus der gemeinsamen Firma zurückziehen wollte und noch dazu ein Verhältnis mit seiner Frau hatte? Ihre Freundschaft begann zu bröckeln. Das war unübersehbar. Dennoch waren sie noch immer stark miteinander verbunden. Erst kürzlich noch hatte Sigi versucht, Hardy von den Vorzügen der neuen Bundesländer zu überzeugen: »Selbst die EU hat beschlossen, die ostdeutschen Bundesländer mit 6,2 Milliarden DM bis 1993 zu unterstützen.«

Hardy hatte nur gelacht: »Der Osten! Vergiss es! Heute habe ich gelesen, dass die UEFA wegen der Ausschreitungen vor einer Woche Dynamo Dresden für zwei Jahre von allen europäischen Wettbewerben gesperrt hat. So viel zu deinen neuen Ländern.«

»Das ist Fußball und hat überhaupt nichts mit dem Potenzial zu tun, das sich für Investoren auftut.«

»Vergiss es, habe ich gesagt – und jetzt muss ich wieder an die Arbeit. Damit wenigstens einer hier etwas für die Firma tut.«

Als sich Sigi Ende März mit Renate in der Waldhütte traf, war er völlig niedergeschlagen.

»Ich schaffe es nicht, Hardy von uns zu erzählen.«

»Du musst es aber. Du hast es mir versprochen«, sagte Renate und massierte sanft seinen Nacken. Allmählich begann Sigi sich zu entspannen. Er bewegte seinen Kopf langsam und rhythmisch von links nach rechts und hielt dabei die Augen geschlossen. Als Renate damit begann, seinen Hals zu streicheln, drehte er sich ruckartig um und bedeckte sie mit Küssen. Sie erwiderte leidenschaftlich sein Drängen. In diesem Moment durchbrach das knirschende Geräusch von zersplittertem Holz die Ruhe der Waldhütte. Die Eingangstür war eingetreten worden. Im Raum stand Hardy, mit hochrotem Kopf und schwer atmend.

Zuerst gelang es ihm nicht, auch nur ein Wort zu sagen. Erst als sich Renate aus Angst noch näher an Sigi schmiegte, platzte er hervor: »Meine Frau! Mein bester Freund! Ihr Schweine! Ich arbeite Tag und Nacht und ihr vergnügt euch hier hinter meinem Rücken.«

»Jetzt hör aber auf mit deinem Selbstmitleid«, rief Sigi und stellte sich ihm in den Weg. »Um deine Frau hast du dich schon lange nicht mehr gekümmert und mit deiner Versessenheit hast du der Firma mehr geschadet als geholfen.«

»Versessenheit? Es reicht. Halt dein Maul«, schrie Hardy völlig außer sich.

Sigi entgegnete in derselben Lautstärke: »Ja, es reicht. Ich verschwinde von hier und Renate nehme ich mit.« Ohne auf eine Entgegnung zu warten, griff Sigi nach der Hand Renates, um die völlige apathisch wirkende Frau hinter sich her aus der Hütte zu ziehen.

»Verschwindet doch, verschwindet! Ich will euch nie wieder sehen!«

Das waren die letzten Worte, die Sigi und Renate von Hardy gehört hatten. Noch in derselben Stunde packte Renate ihre Sachen und zog zu Sigi. Eine Woche später, nachdem alle Formalitäten erledigt waren, kehrten die beiden Albstadt den Rücken, um sich in Leipzig ein neues Leben aufzubauen.

Trotz aller Bemühungen schaffte Hardy es nicht, die Firma zu retten. Zu schwer wog der Verlust von Sigis Kapital, welches dieser aus der Firma gezogen hatte. Nicht einmal ein halbes Jahr später musste er Insolvenz anmelden.

## 15

Konrad öffnete die Augen – ganz vorsichtig. Zuerst das linke, danach das rechte. Er fühlte sich miserabel, wie gerädert. Sein Kopf schmerzte. Draußen schien bereits die Sonne –

das sah er durch einen winzigen Spalt in der Jalousie, die das Dachfenster im Schlafzimmer abdeckte. Leise hörte er die Glocken der St. Gallus-Kirche schlagen. Er schloss wieder die Augen und zählte konzentriert die Schläge. Neun! Es musste neun Uhr sein. Langsam drehte er sich auf den Rücken. Das Bettgestell quietschte vertraut. Mit einem Blick auf den Radiowecker vergewisserte er sich, dass er nicht falsch gezählt hatte. Er streckte sich, um die Lebensgeister seines Körpers zu wecken. Sein angeschlagener Zustand rührte von der Nacht her, die er beinahe schlaflos, dafür aber mit tausend Gedanken im Kopf verbracht hatte.

Nachdem ihn gestern Abend sein Vater auf die Idee gebracht hatte, Neusässer wäre nicht der Täter, sondern das Opfer, hatte er versucht, noch mehr über Neusässer und dessen Umfeld herauszubekommen. Martin Landberg musste jedoch passen. Er konnte seinem Sohn keine weiteren, zumindest keine genaueren, Informationen geben. Aber es wäre nicht Martin Landberg gewesen, hätte er nicht doch einen Trumpf in der Hinterhand gehabt: Er wusste von einem Peter Maierdorfer, der ein Freund von Neusässer gewesen war und noch heute im Zollern-Alb-Kreis wohnte. Mit dieser Auskunft hatte sich Konrad zufriedengegeben. Da es mittlerweile zu spät geworden war, hatten Karin und er beschlossen, Maierdorfer am nächsten Tag aufzusuchen. Vor dem Haus seines Vaters hatte er sich von Karin verabschiedet und war anschließend nach Hause gefahren, um eine äußerst unruhige Nacht zu verbringen. Erst in den Morgenstunden hatte er Schlaf gefunden, träumte dabei aber von Mönchen und der Goldenen Frau.

Die erste Tasse Kaffee wirkte Wunder. Seine Glieder schmerzten nicht mehr und die Kopfschmerzen hatten nachgelassen. Die frische, jetzt noch angenehm laue Luft, die zu der geöffneten Balkontür hereinströmte, tat ein Übriges.

Konrad überflog die Zeitung nur kurz:

»Letzter Airbus A300 ausgeliefert.«

»Lange Wartezeiten am Hochtannbergpass.«

»Putin kündigt Aussetzung des KSE-Vertrags an.«

»Rudi Carrell lebt für seine Fans weiter.«

Das alles war nichts gegen das Sportwochenende, das Albstadt erwartete. Schon als er vorhin auf den Balkon getreten war, hatte Konrad die Außergewöhnlichkeit des Tages gespürt. Heute fand der große Albstädter Mountainbike-Marathon statt und morgen wurde der populärste Fußballverein Deutschlands, der FC Bayern München, in Albstadt erwartet. Die Sonne strahlte aus einem blauen Himmel, als wollte sie ihren Teil zum Gelingen dieser Veranstaltungen beitragen.

Bei seiner zweiten Tasse Kaffee versuchte Konrad die vielen, teilweise wirren Gedanken der letzten Nacht zu bündeln. Alles drehte sich dabei um den Mord und das (vielleicht) bevorstehende Attentat beim Fußballspiel. Dabei fragte er sich immer wieder, ob er das Ganze jetzt nicht auf sich beruhen lassen sollte. Die Polizei sollte die Sache aufnehmen und weiterführen. Bisher hatte er keine eindeutigen Beweise, nur Vermutungen. Aber gerade diese Vermutungen waren es, die ihn drängten, nicht aufzugeben und mit seiner ganzen Kraft die Sache weiterzuverfolgen. Und da war ja noch sein Schulkamerad, Kommissar Langner. Für ihn war er immer noch der Mordverdächtige Nummer eins. Dies konnte er auf gar keinen Fall auf sich beruhen lassen. Zudem sah er immer wieder ein gefülltes Fußballstadion vor Augen – mittendrin sein Schwager und seine beiden Neffen. Nein, er konnte, ja durfte, nicht aufgeben. Er musste versuchen, mit allen ihm zur Verfügung stehenden Mitteln eine mögliche Katastrophe zu verhindern. Immerhin war der Getötete als Sprengstoffspezialist bekannt. Eine Tatsache, die Konrad den Angstschweiß auf die Stirn trieb.

Das Läuten der Türklingel riss ihn aus seinen Gedanken. Die Uhr zeigte kurz vor zehn – es musste Karin sein. Sie waren bereits um halb zehn verabredet gewesen.

»Entschuldigung, ich habe verschlafen«, waren die ersten Worte der jungen Polizistin, die durch die Sprechanlage tönten. Konrad drückte auf den Türöffner und sagte gleichzeitig: »Komm hoch. Du kennst ja den Weg.«

»Guten Morgen, Konrad«, lächelte Karin, ein wenig verlegen, als sie die Wohnung betrat.

»Hallo, Frau Kommissarin! Setz dich, ich habe dir schon Kaffee eingeschenkt.«

»Danke! Den brauche ich jetzt. Ich hatte eine schreckliche Nacht.«

»Wirklich? Ich habe gut geschlafen. Zumindest zwischen acht und neun heute Morgen.«

»Und die übrige Zeit?«

»Habe ich mich von einer Seite auf die andere gewälzt und versucht, alle Szenarien durchzuspielen, die morgen beim Fußballspiel passieren können.«

»Und?«

»Ich bin nicht fertig geworden.«

»Du Armer. Aber tröste dich, ich habe von Frauen mit goldenen Haaren geträumt, der Pest und wilden Ungarn.«

»Solange die Horden von Ungarn nicht bei dir im Schlafzimmer waren ...«

»Aber fast. Ich bin zum Glück rechtzeitig aufgewacht. Danach konnte ich allerdings nicht mehr einschlafen. Erst als es draußen schon hell wurde, hat mich der Schlaf übermannt.«

»Da haben wir ja nochmal Glück gehabt, dass wir den Magyaren entkommen sind.«

»Keine Witze bitte. Dafür haben wir keine Zeit. Ich bin voller Tatendrang. Wie sieht es bei dir aus?«

»Sehr gut. Du hast recht, wir haben keine Zeit zu verlieren.«

»Schön. Und wo wohnt dieser Peter Maierdorfer, von dem dein Vater gestern Abend gesprochen hat?«

»In Winterlingen. Von hier aus mit dem Auto in knapp zwanzig Minuten zu erreichen. Du kannst natürlich bei mir mitfahren.«

»Oh ja. Das ist nett«, entgegnete Karin etwas zögerlich.

»Keine Angst. Mein Auto hält zwei Personen aus. Du musst dich halt bergauf ganz leicht machen und immer in die Kurven legen. Sobald du deinen Kaffee getrunken hast, kann es losgehen.«

Mit einem raschen Schluck leerte Karin den Rest des Kaffees und entgegnete sogleich: »Ich bin so weit!«

Konrad nahm die Straße von Truchtelfingen nach Bitz, die über die weite Albhochfläche führte. Die wenig befahrene Straße ging vorbei an Pferdekoppeln sowie weidenden Schafen und Kühen. Er konnte nicht umhin, seiner auswärtigen Beifahrerin sein Wissen über die Gegend nahezubringen: »Hier auf dem Degerfeld hat man etliche Hünengräber freigelegt und da vorne kreuzt die Strecke des Bike-Marathons die Straße. Heute Nachmittag werden hier Hunderte von Radfahrern vorbeistrampeln, alle hintereinander, wie auf einer Perlenkette aufgereiht. Sie werden guter Dinge sein, da sie hier noch am Anfang des Rennens stehen. Später, so nach fünfzig Kilometern, sieht das dann ganz anders aus.«

Karin nickte abwesend. Sie schien sich die vielen bunten Fahrer vorzustellen, die hier vorbeiziehen würden.

»Ach ja, und da links haben wir etwas ganz Besonderes: Dort unten in einer Senke befindet sich die fast berühmte Wetterstation Albstadt-Degerfeld-Doline.«

»Berühmt?«

»Na, immerhin wird sie manchmal als Kältepol Deutschlands bezeichnet.«

»Wie kommt das?«

»Nun, hier auf dem Degerfeld stehen zwei Wetterstationen. Die Hauptstation liegt auf einem kleinen Hügel, während die Nebenstation nur eineinhalb Kilometer entfernt in einer Senke oder Vertiefung, einer sogenannten Doline, liegt. Die Nebenstation steht auf einer Höhe von 867 Metern und somit nur 52 Meter tiefer als die Hauptstation. Obwohl die Stationen so nahe beieinander liegen, kann es zwischen beiden zu extremen Temperaturunterschieden von bis zu fünfzehn Grad kommen. Besonders in sternklaren Nächten sammelt sich die kalte Luft an der tiefsten Stelle, und wenn es dann noch zu geringen Luftbewegungen kommt, werden hier sehr niedrige Werte erreicht. Wie gesagt, an der Nebenstation in der Doline. An der Hauptstation dagegen werden ›normale‹ Werte gemessen.«

»Das ist ja interessant. Was war denn die kälteste Temperatur, die hier gemessen wurde?«

»Wenn ich mich recht erinnere, wurden vor zwei Jahren Minus 36 Grad gemeldet.«

»Puh, da kann man schon mal eine Jacke vertragen!«

»Absolut. Man darf aber nicht vergessen, dass Albstadt mit einem Jahresdurchschnitt von über 1800 Sonnenstunden zu einem der sonnenreichsten Orte in Deutschland zählt.«

»Das hört sich aber bedeutend besser an als der Kältepol Deutschlands.«

Die Fahrt führte durch das schmucke Städtchen Bitz nach Winterlingen. Konrad kannte sich leidlich im Ort aus. Zudem hatte sein Vater sehr genau beschrieben, wo das Haus von Peter Maierdorfer zu finden war. Vom schön gelegenen Naturfreibad aus war es nicht mehr weit. Konrad vergewisserte sich am Namensschild neben der Klingel, dass er beim richtigen Haus war, bevor er läutete. Es dauerte nicht lange, bis die beiden schlürfende Schritte aus dem Inneren vernahm. Die Tür wurde geöffnet und ein gut genährter, zirka neunjähriger Junge stand vor ihnen. Er trug kurze Hosen und ein Bayern-München-Trikot mit der Nummer neun. Stumm schaute er Konrad und Karin mit großen Augen fragend an.

»Jetzt bin ich aber überrascht«, sagte Konrad, »ich dachte, der FC Bayern würde erst morgen anreisen.«

Der Junge schien zu überlegen, ob er die Worte des Fremden als Anerkennung für sein nagelneues Trikot oder aber als das dumme Geschwätz eines Erwachsenen auffassen sollte. Schließlich entschied er sich für Ersteres. Der Anflug eines Lächelns verformte seine Züge. Dabei wurden seine Backen noch dicker. Endlich sagte er: »Ich habe nur ein Bayern-Trikot an. Ich bin kein Spieler aus München. Ich spiele beim FC Winterlingen in der E-Jugend.«

»So ist das. Dann spielst du bestimmt im Sturm, wenn du die Nummer neun trägst. Wie Luca Toni.«

Überrascht, dass sich der Fremde so gut auskannte, blinzelte der Junge Konrad an. Sofort jedoch senkte er den Kopf, während er antwortete: »Das wollte ich gerne, aber der Trainer will, dass ich in der Abwehr spiele. Das ist totaler Mist.«

»Rede doch einmal mit deinem Trainer. Sage ihm, er soll dir eine Chance im Sturm geben, und wenn du in drei Spielen kein Tor gemacht hast, gehst du freiwillig in die Abwehr zurück. Wenn du aber Tore schießt, wird er dich automatisch im Sturm spielen lassen.«

Der Junge blickte Konrad jetzt mit noch größeren Augen an. Sein Gehirn arbeitete auf Hochtouren. Kurze Augenblicke später grinste er breit. Er sagte nur »Ja!« und wollte die Haustür wieder schließen.

»Halt!«, rief Konrad. »Wir wollten eigentlich zu Peter Maierdorfer.«

»Das ist mein Opa. Aber er hat gesagt, ich soll sagen, dass er nicht da sei.«

»Dann richte ihm bitte aus, es handle sich um eine sehr wichtige Sache.«

Der Junge nickte und trottete ins Innere des Hauses zurück. Konrad und Karin lachten sich verstohlen an. Kurze Zeit später erschien der Junge wieder. Dieses Mal allerdings begleitet von einem leicht mürrisch dreinblickenden Mann. Auch er schlürfte über den Flur, so dass man nicht lange nachdenken musste, woher der Enkel seinen Gang hatte. Neben der dunklen Brille des Mannes fiel vor allem der kahlrasierte Schädel auf.

»Stimmt etwas nicht mit meinem Kopf?«, fragte der Mann barsch, als er bemerkte, dass Karin seine Glatze interessiert begutachtete.

Sogleich schaltete sich Konrad ein, um das Gespräch zu retten, noch bevor es angefangen hatte: »Da spart man sich Shampoo und graue Haare hat man auch nicht …«

Etwas verwundert beäugte der Alte nun Konrad. Allmählich verwandelte sich sein strenger Gesichtsausdruck in ein freundliches Lachen: »Genau richtig, junger Mann! Das sind meine Worte. Wie kann ich Ihnen helfen?«

Konrad schnaufte unhörbar seine Erleichterung heraus, die richtigen Worte gefunden zu haben und entgegnete: »Wir interessieren uns für die Industrie in Albstadt in den Siebziger- und Achtzigerjahren. In diesem Zusammenhang ist Ihr Name gefallen. Können Sie uns etwas über Günther Neusässer und dessen Firma berichten?« Konrad beobachtete den Glatzköpfigen mit nicht nachlassender Anspannung.

In dessen Blick war eine gewisse Skepsis unverkennbar. Allmählich jedoch neigte sich sein Kopf nach hinten und sein Blick richtete sich in den blauen Himmel über Winterlingen. Mit einem Lächeln sagte er schließlich: »Kommt herein. Ich versuche euch zu helfen. Wie immer ihr auch auf mich gekommen seid.«

Der Alte bot den beiden Platz auf einem weichen Sofa in einem hellen Wohnzimmer an. Er setzte sich ihnen gegenüber, ohne ihnen jedoch etwas anzubieten.

Der Junge trat an seinen Großvater heran und sagte: »Ich gehe nach draußen. Fußball spielen. Ich muss meinen Schuss trainieren.«

Der Alte nickte leicht überrascht und erklärte, an Konrad und Karin gewandt: »Dass er für sich trainiert, ist ja etwas ganz Neues! Seine Eltern sind beim Einkaufen und haben ihn hiergelassen.«

Bald hörte man von draußen das Geräusch eines Balles, der gegen ein Garagentor gekickt wurde.

»Sie wollen also etwas über Sigi wissen. Nun …«

»Sigi?«, unterbrach Konrad.

»Sigi ist der Spitzname von Günther Neusässer«, fuhr Maierdorfer fort. »Die Firma hat ihm allerdings nicht allein gehört. Es gab da einen zweiten Mann: Hardy. Entschuldigen Sie, sein richtiger Name ist Burckhard Quanter. Sigi, Hardy und ich waren früher in derselben Clique. Früher – das ist jedoch schon ein paar Jährchen her. Fast jeden Nachmittag haben wir uns zum Fußballspielen getroffen. Auf einem Bolzplatz neben der Schmiecha. Den gibt es schon lange nicht mehr. Dabei freundeten sich Hardy und Sigi immer mehr an und wurden quasi unzertrennlich. Die dicksten Kumpels weit und breit. Nach der Schule habe ich sie leider ein wenig aus den Augen verloren, jedoch ohne den Kontakt ganz abbrechen zu lassen. Aber das interessiert Sie ja alles gar nicht. Sie wollten etwas über die Firma erfahren.«

»Nein, im Gegenteil«, unterbrach Konrad rasch, »es ist hoch interessant, auch über die Dinge drumherum zu hören.«

»Wirklich?«

»Ganz bestimmt«, versuchte auch Karin den Alten zu überzeugen.

»Ja dann: Hardy und Sigi gründeten nur wenige Jahre nach ihrer Lehrzeit eine eigene Firma. Mit einer Strickmaschine in einer alten Garage haben sie angefangen. Es war eine harte Zeit für die beiden und bald mussten sie ihrem geliebten Hobby, dem Fußballspiel, den Rücken kehren. Aber das Geschäft lief immer besser. Sie expandierten und zogen in ein größeres Gebäude um. Und dann kam der Anfang vom Ende: Eine Frau trat in das Leben der beiden! Renate war eine gemeinsame Bekannte aus Jugendtagen. Es ging alles ziemlich zügig. Hardy und Renate heirateten, Sigi war Trauzeuge. Ich kann mich noch gut an die Hochzeit erinnern.« Peter Maierdorfer machte eine längere Pause. »Der Rest ist schnell erzählt: In der Firma begann es zu kriseln. Hardy vernachlässigte seine Frau. Diese zog es zu Sigi hin. Eines Tages erwischte Hardy die beiden in seiner eigenen Waldhütte. Es gab Streit, die Situation eskalierte. Sigi nahm sein Geld aus der Firma und zog mit Renate in die neuen Länder. Hardy blieb ohne Kapital mit einer maroden Firma zurück und musste schließlich Insolvenz anmelden.« Bei diesen Worten klatschte der Alte mit der Faust seiner rechten Hand in seine flache linke. Er sah seine Gegenüber erwartungsvoll an, als erwarte er einen Kommentar zu der Geschichte.

Karin ergriff das Wort: »Was macht dieser Hardy oder Burckhard Quanter eigentlich jetzt?«, fragte sie langsam.

»Ich muss gestehen, dass ich keinen Kontakt mehr zu ihm habe. Er musste sein Haus in Tailfingen verkaufen und wohnt jetzt in einer Mietwohnung in der Schillerstraße in Ebingen – allein. Soviel ich weiß, arbeitet er in einem kleinen Mechanikerbetrieb in Onstmettingen. Wo genau, kann ich aber nicht sagen. Er will von seinen alten Freunden nichts mehr wissen.« Betrübt legte der Alte seinen Kopf in den Nacken.

So unbeschwert, wie er die Geschichte gerade erzählt hatte, schien er nicht zu sein. Aber zugleich hatten Karin und Konrad den Eindruck, dass es ihm gut getan hatte, einmal darüber zu reden.

»Übrigens«, sagte Maierdorfer nach einer Weile, »ich habe einen Brief von Sigi Neusässer erhalten. Anscheinend hat er allen aus der damaligen Clique geschrieben. Er wird einige Tage in Albstadt sein, wegen des Spiels Albstadt gegen Bayern München. Dafür hat er wohl eine Einladung bekommen. Sein Vorschlag war, dass sich die alten Gefährten wieder einmal treffen. Am Sonntagmorgen auf dem Ochsenberg.«

»Ist Hardy auch eingeladen?«, fragte Konrad neugierig.

»Das kann ich nicht sagen. Ich denke aber eher nicht.« Wieder legte Maierdorfer eine Pause ein. »Dafür, dass ihr euch für die Industrie in den Siebzigern interessiert, geht ihr aber ganz mächtig ins Detail.«

»Äh …«, Konrad grinste verlegen.

Ein breites Lachen legte sich auf das Gesicht des Alten: »Keine Sorge! Ich habe von Anfang an nicht daran geglaubt, dass ihr euch über irgendwelche Industriebetriebe erkundigen wollt. Mir ist allerdings nicht klar, auf was ihr eigentlich hinauswollt. Mein Gefühl sagt mir aber, dass es nichts Schlechtes ist. Deshalb habe ich auch versucht euch zu helfen. Allerdings ist das auch schon alles, was ich euch sagen kann.« Der Mann erhob sich, als untrügliches Zeichen, dass er jetzt nicht mehr gestört werden wollte. Konrad und Karin blieb nichts anderes übrig, als ebenfalls aufzustehen. Sie bedankten sich freundlich und verließen das Haus.

Draußen war der Enkel immer noch damit beschäftigt, den Ball gegen das Garagentor zu kicken. Als er Konrad erblickte, fragte er begeistert: »Gehst du mal ins Tor?«

Konrads Blick war ein Spiegelbild seiner Skepsis.

»Nur ein Schuss«, flehte der Junge.

»Klar ...« Konrad stellte sich vor das Garagentor, das dem Jungen als Tor diente. Voller Eifer legte sich der Junge den Ball zurecht, nahm einen langen Anlauf und hämmerte ihn an Konrad vorbei an die Garage.

»Toooor!« Der Schütze jubelte und stellte sich breitbeinig vor Konrad. »Siehst du«, triumphierte er, »ich muss einfach in den Sturm!«

»Nach diesem Schuss bin ich überzeugt, dass du das auch schaffst.«

Ein Strahlen erhellte das Gesicht des Kindes. Er holte sich den Ball und drosch weiter auf das Garagentor, während Konrad und Karin in Richtung Auto gingen.

Zum Glück hatte Konrad die Fenster offen gelassen. Schon im Freien herrschten jetzt bereits hohe Temperaturen, im Wagen war die Hitze kaum noch zu ertragen. Allein der feine Luftzug, der durch die geöffneten Fenster hereinströmte, machte die Wärme einigermaßen erträglich. Konrad umfasste mit beiden Händen das fast heiße Lenkrad, ohne den Wagen zu starten. Karin hatte die Beifahrertür offen gelassen und wedelte mit der Hand vor ihrem Gesicht.

»Also – wo stehen wir jetzt?«, fragte Konrad.

»Wenn deine Theorie stimmt und dieser ›dunkle Weiße‹ Neusässer nicht der Mörder, sondern ein weiteres Opfer ist, dann haben wir jetzt mit diesem Hardy einen Mann, der durchaus ein Motiv hätte, Neusässer umzubringen.« Karin wischte sich mit der Hand über die Stirn, bevor sie fortfuhr.

»Diesem Hardy wurde die Frau ausgespannt und mehr oder weniger die Firma ruiniert. Dies alles durch Sigi, seinen ehemals besten Freund. Wenn das kein Motiv ist.«

»Das sehe ich auch so. Was die ganze Geschichte allerdings mit dem toten Attentäter zu tun hat, da steige ich im Moment noch nicht dahinter. Wo ist hier die Verbindung?«

»Ich denke, wir sollten meinen Vorgesetzten Kommissar Langner informieren.«

»Pah, der glaubt uns doch kein Wort. Er denkt doch noch immer, ich hätte etwas mit der Geschichte zu tun.«

Karin schwieg, sodass Konrad weitersprach: »Wir müssen einfach weiter recherchieren. Was wir als Nächstes machen, liegt deshalb klar auf der Hand: Wir besuchen diesen Hardy in Ebingen!«

»Wenn er aber tatsächlich etwas mit der Sache zu tun hat, kann das sehr gefährlich werden.« Karin wirkte besorgt.

Konrad dagegen schien diese Sorge nicht zu teilen. Er lächelte, als er entgegnete: »Ich habe doch Polizeischutz bei mir.«

»Konrad!« Karin war jetzt sehr energisch. »Wenn ich gefährlich sage, meine ich lebensgefährlich. Wer einen Mord begangen hat, schreckt auch vor einem weiteren nicht zurück …«

»Ich kann mich noch immer nicht an diese neue Verkehrsführung gewöhnen«, sagte Konrad leicht genervt, als er mit seinem Wagen von der Gartenstraße Richtung Schillerstraße abbog. »Früher ist man hier anders gefahren.«

»Ja, ja, früher. Da war alles besser und leichter«, entgegnete Karin, die die Fahrt in dem alten Wagen jetzt beinahe zu genießen schien. Konrad bedachte sie mit einem müden Lächeln, während er den Citroën in eine Parklücke längs der Straße lenkte.

»So, hier sind wir. Leider kennen wir die Hausnummer nicht. Wie findet nun eine angehende, gut ausgebildete deutsche Polizistin die Wohnung von Hardy Quanter?«

»Lass dich überraschen. Einen dieser hundert Radfahrer werde ich jedenfalls nicht fragen.« Karin spielte dabei auf die vielen Fahrradfahrer an, denen sie begegnet waren, seit sie die Stadtgrenze von Albstadt erreicht hatten. Alle waren in voller Rennmontur mit Startnummer auf Trikot und Rad und schienen damit beschäftigt, die letzten Vorbereitungen für den Start des Mountainbike-Marathons zu treffen, der in knapp einer Stunde in der Ebinger Innenstadt starten sollte. Die einen überprüften die Räder zum letzten Mal, die anderen traten ganz einfach nochmals in die Pedale, um die Nervosität zu bekämpfen.

»Es liegt eine gespannte Ruhe über der Stadt«, bemerkte Karin. »Der Bike-Marathon scheint wirklich etwas Besonderes zu sein.«

Inzwischen waren die beiden ausgestiegen.

»Vielleicht haben wir heute Nachmittag noch Zeit, uns an die Strecke zu stellen. In der Zwischenzeit müssen wir nur noch rasch einen Mord aufklären. Und ein Attentat verhindern …«, bemerkte Konrad flapsig.

Auf die entspannte Stirn der jungen Polizistin legten sich Sorgenfalten. Sie nickte entschlossen und steuerte auf die Eingangstür eines Hauses zu, aus dem gerade eine ältere Frau heraustrat. Diese zog einen Trolley hinter sich her, der ihr wohl zum Verstauen verschiedener Waren dienen sollte.

»Entschuldigung!«, versuchte die junge Polizistin die Frau aufzuhalten. »Wir suchen …«

»I kauf nix!«

»Wie bitte?«

»Sie wend mr jo bloß a Zeiding oder so ebbes zum Eigfriera adreha. I brauch aber nix. Und jetzt husch, i muaß nochher no zum Renna.« Mit diesen Worten hatte die Dame sich auch schon an Karin vorbeigedrängelt, ohne sie nochmal anzusehen. Diese schüttelte nur den Kopf und fragte Konrad, der sich im Hintergrund gehalten hatte: »Was war denn das? Was hat sie gesagt?«

Konrad konnte das Lachen nicht mehr zurückhalten. »Sie meinte nur, sie habe bereits eine Tageszeitung und ihr Bedarf an Tiefgekühltem sei ebenfalls gedeckt. Außerdem wolle sie sich das Mountainbike-Rennen ansehen.«

»So ...«

»Jetzt lass mich mal machen.« Konrad stellte sich breitbeinig neben die verblüffte Polizistin und schaute die Straße hinunter. Gar nicht weit entfernt erblickte er einen Mann in Arbeitskleidung, der den Bürgersteig mit einem riesigen Besen kehrte. Konrad schritt auf den Arbeitenden zu.

»Mahlzeit!«, rief er dem Mann entgegen. »Wir wollen zu Hardy Quanter, wissen aber nicht ganz genau, in welchem Haus er wohnt.«

Der Mann hielt inne und stützte sich auf seinen Besen wie ein Schäfer auf seinen Schäferstab. Nachdem er die beiden von oben bis unten ausführlich gemustert hatte und dabei allem Anschein nach nichts Beunruhigendes entdeckt hatte, entgegnete er: »Mahlzeit!«

Konrad wartete einige Zeit, doch der Mann sprach nicht weiter, sondern grinste ihn lediglich breit an.

»Äh – wir suchen Herrn Quanter ...?«, begann Konrad jetzt wieder vorsichtig.

»Quanter? Der wohnt in dem Mehrfamilienhaus.« Er deutete mit dem Daumen zweimal schnell nacheinander über seine Schultern.

»Danke«, sagte Konrad höflich.

»Nichts zu danken. Mahlzeit!«

»Mahlzeit«, wünschte Karin dem Mann, der den beiden immer noch grinsend hinterherblickte.

Konrad und Karin gingen dem besagten Haus entgegen, während sie hinter sich hörten, wie der Mann seine Kehrtätigkeit wieder aufnahm.

»Dieses ›Mahlzeit‹ scheint ein Zauberwort zu sein«, spottete Karin.

»Immerhin wissen wir jetzt, wo der Typ wohnt«, konterte Konrad.

An der Anzahl der Klingeln sahen sie, dass es in dem Haus acht Wohneinheiten gab.

Konrad drückte zweimal auf den Klingelknopf neben dem fast unleserlichen Schild »Quanter«. Als sich niemand meldete, drängte sich Karin nach vorn. Nacheinander betätigte sie alle Klingeln. Dem verblüfften Konrad schenkte sie ein süffisantes Lächeln. Nach wenigen Augenblicken meldeten sich fast gleichzeitig zwei Stimmen. Beide in einem nicht zu überhörend mürrischen Ton: »Jaaa?«

»Pizzaservice«, sang Karin förmlich in die Sprechanlage.

Ein Summton ertönte von der Eingangstür her, die sogleich von Karin mit einem triumphierenden Lächeln aufgedrückt wurde.

»Respekt!«, nickte Konrad anerkennend. »Jetzt sind wir schon mal im Haus.«

Karin war indessen schon weitergegangen und beäugte jetzt die Briefkästen vor dem Treppenaufgang. Sie steckte ihre Finger in den Schlitz des Kastens, auf dem der Name »Quanter« zu lesen war, und schielte hinein. »Die Tageszeitung von heute!«, stellte sie fest. »Der Mann scheint Langschläfer zu sein.«

»Oder nicht zu Hause.«

Die beiden stiegen das Treppenhaus hinauf und kontrollierten in jedem Stockwerk die Türschilder. Erst in der dritten Etage wurden sie fündig. Auch hier war nochmal ein Klingelknopf angebracht, welchen Konrad betätigte. Doch wieder rührte sich niemand. Konrad zog enttäuscht die Schulter nach oben, aber Karin winkte ab: »Dann versuchen wir es beim Nachbarn.« Sie wandte sich um und klingelte an der Wohnungstür schräg gegenüber. Hier hatte sie mehr Erfolg, zumindest wurde nach einiger Zeit die Tür geöffnet. Allerdings nur so weit, dass gerade noch das breite Gesicht eines Mannes in den mittleren Jahren zu sehen war. Er blickte die beiden skeptisch an. Vor allem Karin musterte er mit offenem Mund besonders intensiv.

»Wir wollten eigentlich zu Herrn Quanter«, sagte diese leicht irritiert.

Als wären diese Worte ein Startsignal gewesen, wurde die Tür jetzt ganz aufgerissen und hinter dem Mann tauchte eine Frau auf, die sich vehement nach vorne drängte. Dies war jedoch angesichts der Leibesfülle des Mannes gar nicht so einfach. Er füllte, bekleidet mit einer Jogginghose und einem weißen Feinripp-Unterhemd, beinahe den gesamten Türrahmen aus. Erst ein gezielter Schlag der Frau auf seinen Oberarm bewegte ihn dazu, ein wenig zur Seite zu treten.

»Herr Quanter ist nicht da! Was wollen Sie denn von ihm?« Genauso gebieterisch, wie sie sich an ihrem Mann vorbeigedrängt hatte, klangen ihre Worte.

Konrad bemerkte Karins Verärgerung und trat einen Schritt nach vorn. Er musste sie bremsen, bevor ihr der Kragen platzte und sie die unfreundliche Frau mit Handschellen abführte. »Wir sind Bekannte von Herrn Quanter und wegen des Radrennens in der Stadt. Da dachte wir, wir überraschen ihn mit einem kurzen Besuch.«

Es dauerte einige Zeit, bis die Frau die Worte richtig eingeordnet hatte. Allmählich jedoch entspannten sich ihre bissigen Züge. In diesem Moment platzte der Mann hervor: »Der Hardy ist im Urlaub …«

»Du, sei ruhig«, zischte ihn seine Frau an. Sofort verdunkelte sich ihr Gesicht wieder.

»Wir haben ihn schon lange nicht mehr gesehen. Er würde sich bestimmt freuen«, erklärte Konrad so sanft wie möglich.

»Er ist …«, traute sich der Mann zu sagen – der unheilvolle Blick seiner Frau brachte ihn jedoch abrupt zum Schweigen.

»Schade, dass er nicht da ist«, mischte sich jetzt Karin in das Gespräch ein. Konrad wollte ihr schon ein Signal geben, sie solle nicht so schnell aufgeben, da zeigte es sich, dass die Polizistin die Situation richtig eingeschätzt hatte. Die Frau war begierig darauf, ihr Wissen loszuwerden, wollte jedoch ihren Mann nicht zu Wort kommen lassen.

»Quanter ist in den Urlaub gefahren«, gab sie preis.

»Das ist aber schade.« Konrad versuchte, so enttäuscht wie möglich zu klingen. Er musste sich dabei nicht einmal groß verstellen. Die Frau schien das zu bemerken, denn ihre Züge wurden wieder weicher. »Wir kümmern uns in dieser Zeit um seine Wohnung. Er ist seit einer Woche weg und wird nochmal genauso lange bleiben.«

»Wo ist er denn hingefahren?«

Die Eheleute sahen sich an. Offensichtlich wurde ihnen erst jetzt klar, dass sie gar nicht so genau wussten, wo ihr Nachbar seinen Urlaub verbrachte.

»Ich glaube, er ist in die Türkei geflogen, nach Antanja … oder so ähnlich.«

»Nein, er hat seine Ausrüstung mitgenommen. Das geht doch gar nicht im Flieger!«, unterbrach der dicke Ehemann.

Mit einem wilden Zischen und einem erneuten Schlag auf den Oberarm ihres Gatten ergriff die Frau wieder das Wort: »Wirst du wohl still sein und mich nicht dauernd unterbrechen, wenn ich mit anderen Leuten rede.« Ihre Stimme überschlug sich beinahe. »Ich weiß es jetzt ganz genau: Der Quanter ist in der Türkei.«

»In der Türkei«, bekräftigte der geläuterte Ehemann sofort.

»So ein Pech. Da kann man nichts machen.« Konrad stand noch unter dem Eindruck der herrschsüchtigen Nachbarin, so dass er nur noch ein »Vielen Dank Ihnen« hinterhersetzte. Beide sahen sie noch, wie die Frau ihren Mann schubsend in die Wohnung zurückdrängte.

»Wahrscheinlich führen die beiden eine glückliche Ehe«, bemerkte Konrad, als sie die Treppen wieder hinunterstiegen.

»Das glaube ich allerdings weniger«, gab Karin lächelnd zurück.

»Es war auch eher ironisch gemeint. Aber was meinst du eigentlich dazu, dass Quanter in der Türkei ist. Das wirft unseren schönen Plan wieder total über den Haufen.«

»Richtig! Dabei habe ich mir schon die Fragen überlegt, die ich ihm stellen will. Allerdings …«

»Ja?« Konrad horchte auf, da sich Karins Stimme verändert hatte.

»Es gibt da noch eine Sache, die ich total vergessen habe …«

Inzwischen hatten sie die Eingangstür erreicht und traten ins Freie. Langsam schloss sich die Tür wieder. Plötzlich drehte sich Karin mit einer schnellen Bewegung um. Ihr gelang es, gerade noch den Griff festzuhalten, bevor die Tür ins Schloss fiel.Konrads Überraschung war groß, während ihn Karin wieder ins Haus zurückwinkte. Sie kramte in ihren Taschen und zog ein zusammengefaltetes Papier hervor, während sie erklärte: »Ich habe hier ein Bild des Toten und würde gerne wissen, ob die Nachbarn ihn schon einmal hier gesehen haben.«

Konrad verstand sofort. »Das Traumpaar wird sich freuen, uns wiederzusehen.«

Erst nach dem zweiten Läuten wurde die Tür geöffnet. Konrad war erleichtert, das weiße Feinripphemd des Mannes zu sehen und nicht die bissige Visage der Frau. Das machte das Nachfragen deutlich leichter.

»Entschuldigen Sie. Uns ist da noch etwas eingefallen: Haben Sie diesen Mann schon einmal gesehen?«

Der Dicke schien erleichtert zu sein, die Frage sofort verstanden zu haben. Ohne weiter nachzudenken, antwortete er, nachdem er das Bild genau betrachtet hatte: »Na klar, der war vor ein paar Tagen hier und hat sich, wie Sie, nach Hardy erkundigt. Warum?«

Konrad war erstaunt, so schnell eine eindeutige Antwort von dem Mann bekommen zu haben. »Ach, nur so. Hat er irgendetwas gesagt?« Konrad versuchte sich betont locker zu geben, was angesichts seiner Überraschung gar nicht so einfach war.

»Nein, nichts weiter. Als wir ihm sagten, dass Hardy nicht da sei, ist er wieder abgezogen. Übrigens ein unfreundlicher Typ.«

Dieses Mal ließ Karin die Eingangstür ins Schloss fallen. »Das ist ja der Hammer!«, platzte es aus der Polizistin heraus.

»Meinen Respekt. Du hattest einen guten Riecher. Damit hätten wir eine Verbindung zwischen Quanter und dem Ermordeten.«

»Genau das ist es und ist es wiederum auch nicht …« Karin kratzte sich nachdenklich an der Nase. »Es hilft uns gar nichts, da Quanter in der Türkei Urlaub macht.«

## 16

Jetzt war er ganz ruhig. Endlich war er ruhig. Er hatte alles getan, was zu tun war. Akribisch hatte er den Plan ausgearbeitet und dabei nicht vergessen, an alle Eventualitäten zu denken. Das war auch gut so!

Denn so hatte er auch sofort eine Antwort parat gehabt, als die Sache mit Brasko aus dem Ruder gelaufen war. Für einen Moment war er über sich selbst überrascht gewesen, bis er realisiert hatte, was in ihm steckte. Es war die richtige Lösung gewesen. Jetzt hatte er keinen Mitwisser und konnte das Ganze morgen allein zu Ende bringen. Es wird einen Aufschrei geben in Albstadt – ja, in ganz Deutschland, vielleicht in der ganzen Welt. Und er würde endlich seinen Frieden finden.

Hardy lag auf mit dem Rücken auf dem breiten Bett, während er diesen Gedanken nachging. Die Hände hatte er hinter dem Kopf verschränkt. Sein Blick war an die Decke der Waldhütte gerichtet, ohne die zum Teil löchrigen Holzbretter überhaupt wahrzunehmen. Die Hütte befand sich in einem schlechten Zustand – schon seit vielen Jahren hatte sich niemand mehr um sie gekümmert. Dennoch war sie noch immer ein wunderbarer Ort, wenn man sich zurückziehen wollte. Der kleine, dichte Mischwald oberhalb von Truchtelfingen, unweit der Straße nach Bitz, bot einen idealen Platz für eine Zuflucht.

Zusammen mit Renate hatte er die Hütte vor gut zwanzig Jahren – so verliebt, wie sie damals waren – errichten lassen. Als ›Liebesnest‹, so hatten sie gescherzt. Hardy musste unwillkürlich grinsen. Liebesnest! Ja, es war ein Liebesnest geworden für Renate. Nur nicht für ihn, sondern für seinen besten Freund Sigi. Schnell verfinsterten sich seine Gesichtszüge wieder. Er musste an jenen verhängnisvollen Nachmittag vor sechzehn Jahren denken, als er die beiden hier erwischt hatte. Schon geraume Zeit davor war ihm aufgefallen, dass immer, wenn Sigi nicht im Büro war, auch Renate fehlte. Zuerst hatte er sich nichts dabei gedacht. Wie auch! Seine Gedanken kreisten um seine Arbeit und die Firma. Sie steckten damals in einer schweren Krise und es galt, neue Ideen zu entwickeln. Schließlich aber konnte er den aufkeimenden Verdacht nicht mehr ignorieren.

So hatte er sich eines Tages an die Fersen von Renate geheftet, als diese Feierabend machte. Äußerst vorsichtig verfolgte er seine Frau und wunderte sich, als sie in der Ortsmitte von Truchtelfingen plötzlich Richtung Klinik abfuhr. Jedoch bog sie wenig später nicht zum Krankenhaus ab, sondern folgte der Straße weiter, die nach Bitz führte. Schon da hatte Hardy einen leisen Verdacht, der sich bestätigte, als sie wenig später die Straße verließ und nach rechts auf einen Feldweg abbog. Sie wollte zur Hütte! Er selbst war schon seit einer Ewigkeit nicht mehr da gewesen. Immerhin wusste er genau, wo er seinen Wagen abstellen musste, um die Waldhütte unbemerkt erreichen zu können. Als er schließlich durch etliches Geäst und dichten Wald zur Hütte gelangt war und vorsichtig durch das Fenster schielte, war ihm beinahe das Blut in den Adern gefroren. So groß war sein Schock, als er seine schlimmsten Befürchtungen bewahrheitet sah: Auf dem Bett lagen, in inniger Umarmung, sein bester Freund Sigi und seine Frau Renate.

Er war wie von Sinnen. Von da an konnte er sich an keine Einzelheiten mehr erinnern. Er wusste nur noch, dass er versucht hatte ins Innere der Hütte zu gelangen, die Tür aber abgesperrt war. So trat er wild mit dem Fuß dagegen, bis sie schließlich nachgab und er zu den beiden vorstoßen konnte.

Nach einem heftigen Streit waren Sigi und Renate hinaus in den Wald geflüchtet. Er war zurückgeblieben und unfähig gewesen sich zu regen. Erst allmählich war er aufs Bett gesunken und hatte sein Gesicht in den noch warmen Kissen vergraben. Wie lange er so gelegen hatte, konnte er nicht sagen. Endlich jedoch hatte er sich wie in Trance erhoben und damit begonnen, die zerstörte Eingangstür notdürftig zu reparieren. Danach war er zurück zu seinem Wagen gestapft, um in die Firma zu fahren. Dort hatte er bis in die frühen Morgenstunden gearbeitet, ehe er völlig erschöpft in einen tiefen Schlaf gefallen war.

Jetzt war er also wieder hier in der Hütte und war bestens vorbereitet. Schon damals – vor 16 Jahren – war die Idee in ihm gereift, gegen diese nicht zu beschreibende Ungerechtigkeit vorzugehen. Zumal es nicht dabei geblieben war, dass seine Frau ihn betrogen hatte. Nein, seine Firma, sein Lebenswerk, war zerstört worden. Durch den Rückzug Sigis war diese nicht mehr zu retten gewesen. Er hatte alles versucht, Tag und Nacht geschuftet – vergeblich. Freunde hatten sich von ihm abgewandt. Er musste sein Haus verkaufen und in dieses Loch in dem heruntergekommenen Mehrfamilienhaus einziehen; umgeben von paranoiden Nachbarn. Es war ein Leichtes gewesen, sie zu täuschen, ihnen vorzumachen, er verreise in die Türkei.

Aber er war nicht in der Türkei! Er war hier, ganz ruhig und gut vorbereitet, um die Sache morgen mit einem großen Knall zu Ende zu bringen.

Er hatte alles dafür getan, dass nichts mehr schiefgehen konnte. Fast die ganze Woche hatte er trainiert und war immer sicherer geworden. Er war froh, dass es jetzt endlich vorbei sein würde. Welche Ironie war dabei, dass die Sache mit dem enden würde, was er und Sigi immer am meisten geliebt hatten: dem Fußball.

Durch den Fußball hatten sie in Kindertagen zusammengefunden. Beim Fußballspielen wurde ihre Freundschaft besiegelt. Es hatte sie die ganzen Jahre begleitet und war ihr liebstes Hobby geblieben, auch als sie damals zu Gunsten der Firma aufgehört hatten aktiv zu spielen. Und jetzt sollte beim wohl größten Fußballereignis der letzten Jahre in Albstadt die Sache zu Ende gehen.

Ja! So war es richtig.

Zufrieden erhob er sich aus dem quietschenden Bett. Er schob den Türriegel beiseite und trat nach draußen. Tief atmete er die jetzt nicht mehr so heiße Luft ein. Die Sonne war schon untergegangen und in dem dichten Wald herrschte fast schon Dunkelheit. Er würde sich bald schlafen legen, um morgen völlig ausgeruht zu sein. Nichts und niemand konnte ihn jetzt noch aufhalten.

Und er war ganz ruhig.

## 17

Schweigend, weil nachdenklich, waren Konrad und Karin auf Konrads Wagen zugetrottet, nachdem sie das Mehrfamilienhaus in der Ebinger Schillerstraße verlassen hatten.

»Da haben wir nun endlich den Beweis, dass sich der Verdächtige und das Opfer gekannt haben – und wir wissen trotzdem nicht wirklich weiter«, brummte Konrad, als sie das Auto erreicht hatten.

»Zumindest sieht es so aus, als ob sie voneinander gewusst haben«, verbesserte Karin. »Wir sollten uns die ganze Geschichte nochmal gründlich durch den Kopf gehen lassen. Auf der anderen Seite würde mich das Radrennen brennend interessieren.«

»Wie wäre es mit einem Kompromiss. Von jedem etwas: ein wenig Radfahren und dabei nachdenken. Wir steigen selbst in die Pedale. Dabei kommen mir immer die besten Gedanken. Und?«

»Ich bin jetzt etwas überrascht.«

»Du hast kein Fahrrad – nicht?«

»Nein, das ist es nicht. Mein Vermieter hat ein Rad im Keller stehen, das er mir schon mehrfach für eine Fahrt angeboten hat. Ich denke allerdings, es taugt nicht viel, da kaum etwas dran ist. Praktisch nur der Sattel, Treter und zwei Räder. Nicht einmal einen Ständer hat es. Außerdem ist es viel zu leicht für ein Fahrrad.«

»So schlecht hört sich das aber gar nicht an. Hättest du denn Lust?«

»Auf jeden Fall! Wer in dieser Gegend nicht gerne Rad fährt, dem kann man nicht helfen.«

»Aber?«

»Aber zum Nachdenken hätte ich mir etwas anderes vorgestellt. So etwas wie einen Pilgerpfad oder so …«

Konrad kratzte sich am Kopf. »Nach Santiago de Compostela wird es heute nicht mehr reichen, aber ich hätte da noch eine andere Idee: Rad fahren, nachdenken und pilgern.«

»Wirklich?«

»Wenn ich es dir sage!«

»Super, dann machen wir das!«

»Lass uns einen Pilgerstab besorgen!«

Zwar holten sie keinen Pilgerstab, aber immerhin das Fahrrad von Karins Vermieter, welches jetzt im Kofferraum und zum Teil auf dem umgeklappten Rücksitz von Konrads Citroën lag. Als Karin das angeblich so minderwertige Fahrrad aus dem Keller geholt hatte, staunte Konrad nicht schlecht: Bei dem Rad handelte es sich um ein absolut hochwertiges Mountainbike mit Aluminium-Rahmen, der wohl auch das nach Karins Aussage ›zu leichte Gewicht‹ erklärte. Es war wohl kaum unter 2500 Euro zu bekommen.

»Dein minderwertiges Rad ist dreimal so viel wert wie mein Citroën«, erklärte Konrad deshalb auch.

»Wirklich? Ich kenne mich überhaupt nicht aus.«

»Tatsache! Darum ist es auch gut, dass das Rad quasi von der Polizei bewacht wird.«

»Na ja, vielleicht liegt es ja auch daran, dass dein Auto nicht mehr wirklich viel wert ist.«

»Sehr witzig.«

Die Fahrt ging nach Truchtelfingen zu Konrads Wohnung. Dort holten sie Karins Rad aus dem Kofferraum und Konrads Rad aus der Garage. Danach zog sich Konrad – wie Karin zuvor – einen passenden Raddress an und bestückte seinen Rucksack mit diversen Dingen, die für solch eine Radtour unabdinglich waren.

Indessen machte sich Karin mit dem Fahrrad vertraut. Sie drehte einige Runden und testete dabei Gangschaltung und Bremsen.

Ihr Weg führte über das Degerfeld, kurze Zeit sogar auf der Bike-Marathon-Strecke, wo noch vor wenigen Stunden tausende Akteure auf ihren ersten Kilometern vorbeigekommen waren.

Erst als die beiden entlang der Start- und Landebahn des Flughafens Degerfeld radelten, entschied sich Konrad, die Strecke über Neuweiler hinunter ins Killertal zu nehmen.

Auf dem Radweg entlang der Straße zwischen Bitz und Tailfingen fragte Karin schließlich: »Wohin fahren wir eigentlich? Wobei es nicht unbedingt wichtig ist. Ich finde es wunderbar, hier auf der ebenen Hochfläche zu radeln.«

»Das wird sich bald ändern. Wir fahren nämlich ins Killertal und praktisch auf der anderen Seite wieder hinauf. Unser Ziel ist die Salmendinger Kapelle!«

»Die kenne ich nicht. Aber irgendwie hört sich das schon nach Pilgern an. Ich bin gespannt.«

Tatsächlich ging es, kurz nachdem sie Neuweiler passiert hatten, durch einen Wald auf kurviger Strecke bergab. Die beiden genossen die rasante Fahrt und ließen sich den Wind um die Ohren wehen, was ob der heißen Temperaturen, die immer noch herrschten, eine willkommene Erfrischung war. Durch die Ortschaften Hausen und Starzeln hindurch führte ihr Weg weiter, ehe sie im Örtchen Killer das gleichnamige

Tal wieder verließen, um auf die Hochfläche zwischen Ringingen und Salmendingen zu gelangen.

Auf diesem Aufstieg wurde Karin das erste Mal gefordert. Sie schaffte die Strecke jedoch, ohne absteigen zu müssen, nicht zuletzt dank ihrer guten Kondition und des leichten Laufs ihres Fahrrads.

Oben in Ringingen angekommen, wollte Konrad eine Pause einlegen, aber die Polizistin winkte ab. »Nicht schwach werden – jetzt ist es ja wieder eben.«

Schon war sie weitergefahren und Konrad musste sich beeilen, um den Anschluss nicht zu verlieren. Bereits nach kurzer Zeit sah man die halbrunde Erhöhung des Kornbühls aus der sonst ebenen Hochfläche ragen. Auf dieser fast hundert Meter hohen Erhebung stand die Salmendinger Sankt-Anna-Kapelle. Das weiße Kirchlein mit den drei großen Holzkreuzen davor war deshalb schon von Weitem zu sehen. Sie thronte über der Landschaft und strahlte eine eigentümliche Ruhe aus, so dass man den Eindruck gewinnen konnte, hier würde einem nichts Böses geschehen. Und je mehr sich die beiden dem Kornbühl näherten, desto heller schien die kleine Kirche zu strahlen.

Konrad und Karin verließen die Straße am Parkplatz Kornbühl, auf dem nur zwei Autos geparkt waren, und nahmen die schmale, geteerte Straße, die sich zur Kapelle hinauf erstreckte. Diese Straße mündete jedoch schon nach kurzer Zeit in einen schmalen Pfad – den Kreuzweg – der steil nach oben führte. Ein Schild mit einem durchgestrichenen Radfahrer signalisierte den beiden, dass sie von hier an ihren Weg wohl zu Fuß fortzusetzen hatten. Sie legten die Räder hinter eine massive Holzbank ins weiche Gras und Konrad fischte ein Bügelschloss aus seinem Rucksack, mit welchem er die Räder sicherte.

»Es wird ja wohl hier, am Beginn eines Pilgerweges, keine Fahrraddiebe geben«, wandte er sich an seine Begleiterin.

»Ich entsichere auf jeden Fall meine Waffe.«

»Hast du denn eine dabei?«, fragte Konrad erschrocken.

»Nein, natürlich nicht. Das war nur ein Spaß. Heute ist es sowieso zu heiß, um Fahrräder zu klauen.«

»Wenn du meinst – dann mal los!«

Der geschotterte Weg führte steil bergauf. Schon bald erreichten sie die erste von vierzehn Stationen des Kalvarienberges, die die Geschichte Jesu von der Verurteilung bis zur Kreuzigung dokumentierten.

Die Steilheit des Weges kostete Kraft und bald stand den beiden der Schweiß auf der Stirn. Mit jedem Schritt stieg bei der jungen Polizistin die Spannung, was sie wohl oben erwarten würde. Auch Konrad hing seinen Gedanken nach und so wurde nicht geredet. Als sie schließlich die letzte Windung des Weges hinter sich gelassen hatten, blieb Karin erstaunt stehen. Vor ihnen türmte sich eine lebensgroße Statue aus Bronze auf. Sie stand in einer Mulde neben einem alten Kirschbaum. Davor war eine Tafel knapp über dem Boden angebracht. Auf der Inschrift war zu lesen, dass an dieser Stelle früher eine Hütte für Pilger und Mönche, die sich um die Kapelle gekümmert hatten, gestanden habe.

Zwischen der Statue und der Kirche waren drei übergroße Holzkreuze im Boden verankert. Das weiße Kirchlein mit dem dunklen Dach war eher schlicht zu nennen.

Der Blick von diesem Bergkegel aus, ringsherum nach allen Richtungen, war fantastisch. Karin war begeistert. Hatte sie den Aufstieg noch schweigend und in sich gekehrt hinter sich gebracht, so wirkte sie jetzt wie befreit.

»Es ist eigentümlich«, sagte sie. »Es scheint, als wären die Alltagsprobleme nur noch nebensächlich. Mein Kopf ist ganz leicht.«

Konrad nickte nur und deutete zur Kirche: »Ich denke, wir sollten hineingehen.«

Das Haupttor war verschlossen, jedoch gab es auf der gegenüberliegenden Seite eine offene Tür. Sie führte in eine Art Vorraum, der durch Eisengitter vom eigentlichen Innenraum der Kapelle abgetrennt war.

Nur eine kurze Zeit der Ruhe war den beiden vergönnt. Schon hörten sie von draußen Stimmen, die schnell lauter wurden. Zwei ältere Damen betraten den Raum, ohne jedoch mit dem Reden aufzuhören. Sie sprachen über eine dritte Frau, die sich beim Metzger immer vordrängte, sich aber beschwerte, dass eine andere ihr beim Bäcker die letzten Laugenweckle weggeschnappt hatte, obwohl diese noch gar nicht an der Reihe gewesen sei.

Konrad und Karin verließen die Kirche. »Setzen wir uns«, sagte Konrad, während er in Richtung einer Bank unweit der Kreuze zeigte. »Ich habe etwas dabei …«

»Jetzt bin ich aber neugierig.«

»Lass dich überraschen.«

Konrad fingerte in seinem Rucksack und zog eine kleine Thermoskanne hervor. »Wie wäre es mit einem Kaffee? Nicht gerade etwas zum Abkühlen, aber trotzdem …«

»Ausgezeichnet! Du verstehst es immer wieder, mich zu überraschen.«

Abermals glitt Konrads Hand in den Rucksack. Wenige Augenblicke später zog er zwei Tassen und eine Packung Butterkekse hervor. Er stellte die Tassen zwischen sich und Karin auf die Bank und goss den Kaffee ein. Anschließend öffnete er mit einem Lächeln die Kekspackung.

Die beiden lehnten sich entspannt nach hinten und genossen die leichte Brise, die hier oben wehte, zusammen mit dem Kaffee und den Keksen. Selbst die beiden älteren Damen, die, immer noch quasselnd, aus der Kirche kamen, unterbrachen ihr Gespräch für einige Sekunden und starrten neugierig zu Konrad und Karin hinüber. Nach einem kurzen Augenblick setzten sie ihr Gespräch jedoch fort. Ein wenig lauter sogar als zuvor. Während die Damen den Abstieg in Angriff nahmen, drehte sich das Gespräch immer noch um die gemeinsame Bekannte. Jetzt ging es darum, dass sich diese mit ihrer Figur besser nicht mehr ins Freibad trauen solle.

»Du hörst«, schmunzelte Konrad, als die Stimmen endlich leiser geworden waren, »die Probleme der Menschen sind vielschichtig. Wir jagen einen Mörder und versuchen eine Katastrophe zu verhindern, während sich andere für Türsteher in Freibädern starkmachen. Nach dem Motto: ›Wie viel wiegst du? – Zu viel! – Du kommst hier nicht rein!‹«

»Wobei zu befürchten wäre«, lachte Karin, »dass die beiden Frauen ebenfalls abgewiesen würden.«

Konrad fiel in das Lachen ein, während er den Rest des Kaffees gleichmäßig auf die zwei Tassen verteilte.

»Haben wir jetzt eigentlich neue Erkenntnisse, was den Fall betrifft?«, fragte Konrad nach einiger Zeit des Schweigens.

»Hm …« Karin schien zuerst ihre Gedanken ordnen zu müssen.

Auch Konrad neigte seinen Kopf, um nochmal zu überdenken, welches wohl die nächsten Schritte waren, die sie tun könnten. Vielleicht doch die ganze Sache vergessen und den Fall einfach an Kommissar Langner übergeben?

Als Konrad an den Kommissar dachte, fiel ihm plötzlich Lena ein. So ein Mist! Erneut hatte er schlichtweg vergessen, sich bei ihr zu melden. Erstaunlicherweise hatte aber auch er nichts von ihr gehört. Reflexartig griff er nach seinem Handy, welches er vorhin, ohne nachzudenken, in die Seitentasche des Rucksacks gesteckt hatte. Seltsamerweise war es ausgeschaltet. So zumindest sah es auf den ersten Blick aus – bis er es genauer betrachtete: Der Akku war leer! Wie dumm. Er ärgerte sich über sich selbst und steckte das Handy genervt wieder zurück.

»Musst du telefonieren?«, fragte Karin.

»Ach nein. Mir ist nur gerade eingefallen, dass sich meine Freundin Lena schon lange nicht mehr bei mir gemeldet hat. Aber das kann sie auch gar nicht. Mein Handy ist nämlich so was von ohne Strom …«

Karin schmunzelte diskret, wurde aber bald wieder ernst. »Ich habe mir die ganze Zeit den Kopf zerbrochen, was uns morgen bei dem Spiel erwarten könnte. Vielleicht liegen wir ja doch völlig falsch und es passiert gar nichts. Quanter hat das Opfer gekannt. Das wissen wir jetzt. Vielleicht oder sogar wahrscheinlich ist er auch der Mörder. Aber das war es dann. Es passiert nichts mehr, schon gar nicht morgen beim Fußballspiel. Was meinst du?«

»Ich denke …«, begann Konrad und kratzte sich nervös am Hinterkopf. »Nein, es tut mir leid. Ich bin anderer Meinung. Bedenke doch die letzten Worte des Opfers und unsere Nachforschungen, die uns zu Neusässer und dem Fußballspiel geführt haben. Nein, nein … Da steckt mehr dahinter …«

Plötzlich war sich Konrad seiner Sache wieder ganz sicher. Er musste versuchen, Schlimmeres zu verhindern. Er wusste nur nicht, was.

Die beiden saßen noch einige Zeit nachdenklich auf der Bank und vertilgten die restlichen Kekse und den Kaffee. Danach machten sie sich an den Abstieg, den sie in schnellem Tempo hinter sich brachten. Schon zehn Minuten später hatten sie ihre Räder erreicht, die sie noch genauso vorfanden, wie sie sie verlassen hatten.

Konrad wählte für den Rückweg nicht die Strecke durchs Killertal, sondern fuhr durch Ringingen hindurch und danach weiter nach Burladingen. Nach einem mühsamen Aufstieg erreichten sie schließlich Hermannsdorf und bald darauf den Flugplatz Degerfeld. Die Sonne stand jetzt schon tief am Horizont und Konrad überlegte, ob er die Polizistin noch einladen sollte.

Doch, als ob sie es geahnt hätte, bemerkte sie, dass sie jetzt doch reichlich erschöpft sei und sich auf ihre Wohnung freue. Selbst als er anbot, sie mit dem Wagen nach Hause zu fahren, ging Karin nicht auf seinen Vorschlag ein: »Die paar Meter bis Ebingen habe ich schnell geschafft. Es geht ja nur noch bergab«, sagte sie.

»In Ordnung. Wenn du dich dazu noch stark genug fühlst. Sehen wir uns morgen?«

»Na klar. Ich rufe dich an oder komme einfach vorbei. Vielleicht habe ich bis dahin ja noch eine Idee. Umgekehrt natürlich: Sollte dir noch etwas einfallen, kannst du mich jederzeit anrufen. Mein Akku ist randvoll.«

»Werde ich machen«, entgegnete Konrad etwas verlegen. »Bis dann.«

»Bis dann.«

Karin trat in die Pedale und hatte schon bald die Abzweigung zur Schönhaldenstraße erreicht, in die sie abbog. Konrad sah ihr nach, bis sie verschwunden war und lenkte sein Rad anschließend nach Hause.

Konrad gönnte sich eine ausgiebige Dusche und streckte sich danach auf seinem Sofa aus. Er hatte keinen Appetit, sondern nur Durst. Er leerte zwei große Flaschen Apfelsaftschorle und stellte sich eine dritte bereit. Dann holte er sich einen Block und mehrere verschiedenfarbige Stifte. Auf dem Rücken liegend, den Block auf die Brust gestellt, begann er die ihm bekannten Fakten des Falls aufzuzeichnen. Ganz oben in der Mitte schrieb er das Wort »Opfer« und kreiste es mit der roten Farbe ein. Links daneben schrieb er »Finden: KL«. KL waren die Initialen seines Namens; er selbst hatte das Mordopfer gefunden. Rechts daneben schrieb er »Täter«, darunter ein dickes schwarzes Fragezeichen. Beides kreiste er ebenfalls ein. Unter »Opfer« schrieb er die letzten Worte des Getöteten. Hiervon weg zeichnete er zwei Pfeile, die in zwei weitere Kreise mit den Worten »Neusässer« und »Quanter« mündeten. Konrad betrachtete das Blatt mit einer gewissen Zufriedenheit und fuhr danach fort, weitere Kreise, Namen, Pfeile und Kommentare auf das Blatt zu bringen. Nach gut zwanzig Minuten hatte er sein ganzes Wissen über die Geschichte zu Papier gebracht. Lange studierte er den Aufschrieb, um schließlich zu der Erkenntnis zu kommen, dass er zwar schon einiges herausgefunden hatte, momentan aber total feststeckte und nicht mehr weiterkam. Was war geplant? Ein Attentat, vielleicht sogar ein Bombenanschlag? Als einzigen Ausweg sah er, morgen seinen Vater aufzusuchen, um diesen nochmal über Quanter und Neusässer auszufragen. Er spürte, dass es nur eines kleinen Hinweises, einer geschickten Idee, bedurfte, um dem Geheimnis auf die Spur zu kommen. Aber er wusste auch, dass er nicht mehr viel Zeit dazu hatte. Morgen würde ein heißer Tag werden – in jeder Hinsicht.

# 18

Mit geschlossenen Augen streckte Konrad sein Gesicht dem herabprasselnden Wasser entgegen. Er genoss die Abkühlung unter der Dusche, denn obwohl die Uhr an diesem Sonntagmorgen erst kurz nach neun Uhr zeigte, waren die Temperaturen bereits auf ungewöhnlich hohe Werte geklettert. Sie sollten noch weiter steigen, wie die leuchtende Sonne vom wolkenlosen Himmel zu verkünden schien.

Konrad hatte wieder einmal nur schwer in den Schlaf gefunden und nutzte deshalb die Dusche auch, um die Müdigkeit aus seinen Gliedern zu vertreiben. Immer noch hatte er keinen entscheidenden Hinweis dafür, was heute geschehen könnte. Er wusste nur: Es würde etwas geschehen – und zwar etwas, das es mit aller Macht zu verhindern galt.

Gerade wollte er die Hand nach dem Duschgel ausstrecken, als er meinte, das Klingeln der Türglocke gehört zu haben. Er stellte das Wasser ab und lauschte. Tatsächlich – das Klingeln ertönte abermals. Schnell trocknete er sich notdürftig ab und eilte zur Sprechanlage.

»Hallo, Karin hier! Ich habe heute Nacht noch verschiedene Überlegungen angestellt und bin da auf etwas gestoßen, was ich unbedingt mit dir besprechen muss.«

»Guten Morgen, Karin. Das ist ja interessant. Ich mache dir auf und dusche danach noch schnell zu Ende. Komm doch inzwischen schon mal nach oben. Du kennst dich ja aus. Der Kaffee ist übrigens auch schon fertig.«

Konrad betätigte den Türöffner und beeilte sich daraufhin, wieder ins Bad und unter die Dusche zu kommen. Er war gänzlich nackt. Bevor er das Wasser wieder anstellte, hörte er noch, wie Karin die Wohnung betrat und ein schallendes »Hallo« in den Raum warf.

Noch während er damit beschäftigt war, das Shampoo aus seinen Haaren zu waschen, war ihm so, als habe er die Türklingel erneut gehört. Er schenkte dem Geräusch jedoch keine weitere Bedeutung, sondern sah zu, fertig zu werden, da Karins Worte ihn mehr als neugierig gemacht hatten. Als er sich schließlich abgetrocknet hatte, musste er feststellen, dass er zwar bereits frische Kleidung aus dem Schrank geholt hatte, diese aber im Schlafzimmer auf dem Bett lag.

»So ein Mist!«

Notgedrungen schwang er das große Badehandtuch um seine Hüften, öffnete die Tür und glaubte sich im falschen Film: Karin saß am Tisch und schlürfte lässig Kaffee aus einer Tasse, die sie mit beiden Händen an den Mund hielt. Die Wohnungstür stand offen und mitten darin – Lena!

Ihre schicke dreiviertellange Jeans sowie ihre luftige, ärmellose Bluse passten so gar nicht zu ihren hochroten Wangen, dem halb aufgerissenen Mund und den zugekniffenen Augen. Als wären ihr die Worte im Hals stecken geblieben, war ein röchelndes Geräusch von ihr zu hören.

»Lena«, rief Konrad aus, »welche Überraschung …«

Das Röcheln wurde lauter und endlich gelang es ihr zu sprechen: »Jetzt ist mir alles klar. Während die dumme Kuh in Norddeutschland arbeitet, vergnügt sich der Bock hier nach allen Regeln der Kunst …«

»Lena, aber was denkst du denn?«

»Ich denke gar nichts. Ich sehe nur, was sich hier abspielt.« Ihre Worte wurden jetzt immer lauter. »Kein Wunder meldest du dich nicht. Auf deinem Anrufbeantworter habe ich bestimmt zehn Nachrichten hinterlassen.«

»Aber Lena …«

»Ich will gar nichts hören. Da fahre ich beinahe tausend Kilometer, nur um so etwas erleben zu müssen.«

Konrad verlor jetzt gänzlich die Fassung. Das konnte nicht wahr sein. Lena deutete die Situation völlig falsch. Er hatte jedoch keine Zeit, sich weiter Gedanken zu machen, denn mit einem Aufschrei drehte sich Lena um und rannte die Treppe hinunter. Konrad wollte ihr nachsetzen, verlor dabei aber nach den ersten Schritten sein Handtuch. Verwirrt hielt er inne und raffte das Handtuch wieder um seine Hüften.

»Das sind ja tolle Aussichten hier«, grinste Karin aus dem Hintergrund. Sie wurde aber sofort wieder ernst. An Konrad vorbeigleitend sagte sie: »Ich glaube, hier läuft gerade etwas in die falsche Richtung. Ich werde ihr nachgehen, um die Sache aufzuklären.« Schon war auch Karin durch die Wohnungstür verschwunden.

Konrad stand noch immer fassungslos im Raum und machte einmal eine Bewegung zur Treppe, einmal in Richtung Schlafzimmer. Endlich entschied er sich für das Schlafzimmer, um sich anzukleiden. In Windeseile schlüpfte er in T-Shirt und Hose und spurtete daraufhin die Treppe hinunter. Gerade noch rechtzeitig stürmte er ins Freie, um zwei Autos wegfahren zu sehen. Das erste gehörte Lena, das zweite Karin, welche die Verfolgung aufnahm.

»So wartet doch …«, rief Konrad hinterher, wobei er sich sicher war, dass die beiden seine Worte unmöglich hören konnten.

Hören konnte ihn allerdings ein Nachbar, der die ganze Szene von seinem Balkon aus beobachtet hatte. Als Konrad zu ihm hochsah, drückte er sich an die Hauswand im Glauben, so von Konrad nicht gesehen zu werden.

Konrad ignorierte den Nachbarn und überlegte kurz, den beiden hinterherzufahren, stampfte dann aber ernüchtert und mit gesenktem Haupt zurück in seine Wohnung. Kopfschüttelnd schenkte er sich Kaffee ein. Die beiden würden sicher bald zurückkehren, sobald Karin die Sache richtiggestellt hatte. Dazu musste sie Lena jedoch erst einmal einholen und die war eine rasante Autofahrerin.

Was hatte Lena eigentlich vorhin gemeint, als sie sagte, sie habe mehr als zehn Nachrichten auf dem Anrufbeantworter hinterlassen? Konrad war sich sicher, dass die Anzeige auf dem Gerät auf »0« stand – also keine Anrufe. Das kontrollierte er regelmäßig, so auch gestern Abend, als er nach Hause gekommen war. Dennoch überprüfte er das Gerät jetzt nochmal, um ganz sicher zu sein. Tatsächlich stand immer noch eine »0« im Display, jedoch fiel ihm jetzt auf, dass der grüne Kontrollpunkt neben der Anzeige nicht zu sehen war.

»Mist!«

Da stimmte etwas nicht mit dem Gerät. Er drückte die Wiedergabetaste und erwartete die Computerstimme mit »Sie haben keine neuen Nachrichten!« Jedoch – der Anrufbeantworter blieb stumm. Er versuchte es abermals, mit demselben Misserfolg. Da das Gerät keinen Knopf zum Ausschalten hatte, zog Konrad kurz entschlossen den Stecker aus der Steckdose. Nach wenigen Sekunden verband er das Gerät wieder mit der Steckdose und siehe da: Nach einem längeren Rauschen wurde jetzt die grüne Kontrollleuchte wieder sichtbar. Nun zeigte auch das Betätigen der Wiedergabetaste seine Wirkung: »Sie haben keine neuen Nachrichten!«

»Diese blöde Technik setzt meine Beziehung aufs Spiel«, dachte Konrad und setzte sich zurück an den Esstisch, um dort, den linken Ellenbogen auf dem Tisch, sein Kinn mit der flachen Hand abzustützen. Mit der freien Hand führte er die Kaffeetasse an den Mund. Er war so in seine Gedanken vertieft, dass er erst gar nicht bemerkte, dass er an einer leeren Tasse nippte. Heute Nachmittag war das Bayernspiel, bei dem auch seine Neffen sein würden und bei dem eine Katastrophe zu erwarten war. Er dagegen tappte noch zum größten Teil im Dunkeln. Zudem war ihm gerade seine Freundin davongelaufen. Zugegeben, er hatte es in den letzten Tagen versäumt, sich bei ihr zu melden, aber ... Außerdem war seine Tasse leer.

Sichtlich niedergeschlagen erhob er sich, um den letzten Rest des Kaffees in seine Tasse zu gießen. Von der Küche aus ging er auf den Balkon und lehnte sich über das Geländer. Ihm fiel sein Nachbar ein, der vorhin versucht hatte, sich vor ihm zu verstecken. Ein breites Grinsen zog sich über Konrads Gesicht, welches plötzlich erstarrte. Ein Gedanke war ihm gekommen: Was nun, wenn Quanter gar nicht in der Türkei war, sondern sich irgendwo hier versteckte? Je mehr er darüber nachdachte, desto deutlicher erschien es ihm, dass es genauso sein musste. Was war jetzt zu tun?

Konrad lief ins Schlafzimmer und kleidete sich vollständig an. Er musste nochmal nach Winterlingen fahren, um mit Peter Maierdorfer zu reden, der Quanter schon als Kind gekannt hatte. Vielleicht hatte dieser ja eine Idee, wo sich der Gesuchte unter Umständen verstecken könnte. Die Idee setzte sich in seinem Kopf fest und Konrad beeilte sich seinen Citroën zu besteigen. Dabei dachte er nicht mehr an Karin und Lena.

Die ganze Fahrt über grübelte er darüber nach, wie er den Alten wohl am besten zum Sprechen bringen konnte, vor allem aber am schnellsten. Die Zeit drängte. In gut zwei Stunden, um zwölf Uhr, würden sich die Stadiontore öffnen, um den ersten Zuschauern Einlass zu gewähren.

Er näherte sich, von Bitz her kommend, dem schmucken Örtchen Winterlingen. Vorbei an Stadion und Schulen führte die Straße in den Ort hinein. Als er das Naturbad passierte, wurde ihm schlagartig bewusst, wie heiß es jetzt schon war. Viele Menschen nutzten bereits das Freibad, um sich eine Abkühlung zu gönnen. Gleich neben dem Bad lag der alte Sportplatz von Winterlingen, auf dem Konrad selbst schon so manche Fußballschlacht geschlagen hatte.

Jetzt war es nicht mehr weit bis zum Haus von Maierdorfer. Inzwischen hatte sich Konrad auch eine Strategie zurechtgelegt, wie er dem Mann gegenübertreten wollte: Er würde ganz einfach die Wahrheit sagen!

Die Hitze schlug ihm entgegen, als er seinem Wagen entstieg. Von der Sonne geblendet näherte er sich dem Vorgarten von Peter Maierdorfer. Deshalb bemerkte er die beiden

Personen, die sich vor der Gartentür unterhielten, auch erst sehr spät. Maierdorfer, der seinen kahlen Schädel mit einer Schirmmütze schützte, war mit einem Herrn im selben Alter in ein intensives Gespräch vertieft. Erst als Konrad nur noch wenige Schritte von den beiden entfernt war, blickten sie auf. Maierdorfer erkannte Konrad sofort.

»Herr Landberg! Es scheint Ihnen in Winterlingen zu gefallen.«

»Das sowieso. Könnte ich Sie bitte noch einmal kurz sprechen? Mir liegt da noch etwas auf dem Herzen.«

Dem zweiten Mann schien die Unterbrechung gelegen zu kommen. Er beeilte sich zu sagen: »Ich muss jetzt weiter in den Biergarten zum Frühschoppen. Sonst sind die wichtigsten Themen bereits besprochen, bevor ich meine erste Halbe bestellt habe. Haha ...« Der Mann ließ seinen Worten ein schallendes Gelächter folgen.

Maierdorfer fiel in das Lachen ein und rief dem Mann hinterher: »Wir machen das dann wie besprochen.«

»So wie abgemacht.«

Nun wandte er sich wieder Konrad zu: »Jetzt aber! Was liegt Ihnen denn auf dem Herzen? Haben Sie noch Fragen zur Industrie in den Siebzigern?«

»Nun ...«, Konrad senkte seinen Blick verlegen nach unten. Schnell jedoch hob er den Kopf und wechselte geschickt das Thema: »Wie war Ihr Treffen gestern Abend? Ich meine mit Sigi Neusässer und den alten Kameraden.«

»Wunderbar! Allerdings ist das auch der Grund, warum ich heute nicht zum Frühschoppen gehe. Mein Kopf schmerzt noch ...« Maierdorfer schmunzelte. »Wie es halt so ist, haben wir über alte Zeiten geredet und darüber, dass früher alles viel besser und schöner war. Wir haben uns köstlich amüsiert. Es war fast schon so wie damals.«

»War Hardy Quanter auch eingeladen?«

»Eingeladen schon. Allerdings ist er anscheinend gerade im Urlaub in der Türkei. In der Tat, Sigi hatte ihn eingeladen. Ich glaube, er will sich wieder mit Hardy versöhnen. Zudem hat er vor, wieder nach Albstadt zurückzukommen. Er vermisst die Alb doch sehr. Aber sind Sie deswegen nochmal nach Winterlingen gekommen?«

»Also …«, Konrad holte tief Luft. »Die Sache verhält sich schon ein wenig anders. Ich vermute, dass sich Neusässer in Gefahr befindet. Dabei spielt Quanter eine nicht unwesentliche Rolle.«

»Wann? Wie? Was sagen Sie da?«

»Ich denke, dass heute Nachmittag bei dem Bayernspiel in Albstadt etwas passieren könnte.«

»Junger Mann, das ist eine schwerwiegende Anschuldigung und ich denke, Sie sollten besser die Polizei einschalten. Außerdem – bedenken Sie: Hardy ist gar nicht hier. Er ist in der Türkei.«

»Das ist es ja gerade. Ich meine – wie soll ich es erklären … Wenn er nicht in der Türkei wäre, wo könnte er dann stecken, wenn er nicht zu Hause ist?«

»Das ist doch an den Haaren herbeigezogen!«

»Bitte! Natürlich klingt es gesponnen. Ich habe auch keine stichhaltigen Beweise. Vielleicht können Sie mir trotzdem helfen und einmal nachdenken.«

»Hm – keine Ahnung. So eine verrückte Idee … Ich glaube, Sie sehen Gespenster.«

»Vielleicht fällt Ihnen etwas ein, wenn Sie an früher denken?«

»Nein, beim besten Willen. Hardy ist ein Freund von mir. Er braucht sich nicht zu verstecken.«

Konrad musste einsehen, dass Maierdorfer die Sache als besprochen betrachtete und nichts mehr zu sagen hatte. Seine Enttäuschung war groß. Er hatte seine ganze Hoffnung auf dieses Gespräch gesetzt, um etwas zu erfahren, was ihn weiterbringen würde. Dennoch nickte er dem Alten freundlich zu: »Danke, dass Sie sich die Zeit genommen haben.«

Maierdorfer blickte Konrad intensiv an, entgegnete jedoch nichts. Mutlos wandte sich Konrad ab und trottete seinem Wagen entgegen. Während er den Rückwärtsgang einlegte und langsam nach hinten rollte, um zu wenden, sah er plötzlich einen Schatten im Augenwinkel. Es war Peter Maierdorfer, der ihn mit erhobener Hand zum Anhalten aufforderte. Sofort stoppte Konrad den Wagen und stellte den Motor ab. Schon stand der Alte neben dem Wagen und reckte seinen Kopf zum offen stehenden Seitenfenster herein.

»Mir ist noch etwas eingefallen. Hardy hatte sich kurz nach seiner Hochzeit eine Hütte im Wald bauen lassen. Ich war einmal dort, aber das ist schon Ewigkeiten her.«

Konrads Aufmerksamkeit war geweckt. »Wissen Sie noch, wo die Hütte ist?«

»Finden würde ich sie nicht mehr. Aber so ungefähr … Wenn Sie von Truchtelfingen nach Bitz fahren, ist links ein Schafhaus.«

»Ja.«

»Dort müssen Sie rechts abbiegen. Danach geht es irgendwann in den Wald hinein. Wie gesagt, ich würde die Hütte nicht mehr finden. Sie liegt aber auch sehr versteckt«, sagte Maierdorfer, bevor er sich wieder abwandte.

»Herzlichen Dank«, rief ihm Konrad hinterher.

Anschließend beeilte er sich, den Wagen wieder zu starten. Während er schneller als erlaubt durch die Winterlinger Straßen flitzte, das Rathaus passierte und in die Vorfahrtstraße Richtung Bitz einbog, überlegte er sich, wie er weiter vorgehen sollte. Er konnte es drehen und wenden, wie er wollte. Die Zeit lief gegen ihn und es fehlte an Alternativen. Er musste jetzt sofort versuchen, die Hütte zu finden. Es war seine einzige Spur.

An der angegebenen Abzweigung, in Höhe des besagten Schafhauses, bog Konrad in einen schmalen Feldweg ein. Vorbei an einem Bauernhof wand sich das Sträßchen über die Albhochfläche zwischen mit Wacholdersträuchern bewachsenen Wiesen hindurch.

Bald schon gabelte sich der Weg, aber Konrad kannte die Gegend sehr gut. Unzählige Male war er hier schon, laufend oder mit dem Fahrrad, vorübergekommen. Jedoch konnte er sich nicht vorstellen, dass es hier irgendwo eine Hütte geben sollte. Allerdings hatte Peter Maierdorfer ja betont, dass das Haus sehr versteckt liege. Versteckt konnte es wiederum nur in einem dichten Wald sein und den gab es in Richtung von Konrads rechter Hand.

Ohne länger zu zögern, parkte er seinen Citroën und schlug sich geradewegs in den Wald hinein, der unweit des Weges begann. Schon nach wenigen Metern im Wald spürte er, dass sich die Luft hier deutlich abkühlte. Nichts war mehr von der Hitze des Sommertages zu spüren. Die Bäume standen dicht und ließen nur wenige Sonnenstrahlen herein. Es war düster und Konrads Augen mussten sich zuerst an das diffuse Licht gewöhnen. Dazu hielt er kurz an, auch um sich zu besinnen. Natürlich musste er systematisch vorgehen und durfte nicht einfach blind in den Wald hineinrennen. Er versuchte sich in etwa ein Bild über den Wald zu machen, so als betrachte er ihn aus der Vogelperspektive. Danach teilte er den Wald in verschiedene Bereiche ein, die er einen nach dem anderen durchkämmen wollte. Bevor er loslegte, erinnerte ihn ein Blick auf seine Armbanduhr daran, dass er keine Zeit zu verlieren hatte.

Nach nur wenigen Schritten blieb er erschrocken stehen. Gerade war er auf einen Ast getreten, was ein lautes, knackendes Geräusch verursacht hatte.

Er musste vorsichtiger sein!

Wenn Quanter sich hier im Wald versteckte, war er gefährlich – und bei einem gefährlichen Mann musste man auf der Hut sein. Nun vorsichtiger geworden, durchsuchte er zuerst den südlichen Teil des Waldes, um sich daraufhin immer weiter nach Norden vorzuarbeiten.

Fast eine halbe Stunde streifte er durch den Wald, ohne auf irgendetwas Verdächtiges zu stoßen. Plötzlich hielt er inne. Er hatte ein Geräusch und eine Bewegung in der Nähe wahrgenommen. Mit angespannten Muskeln blickte er in diese Richtung. In gut dreißig Meter Entfernung stand ein furchtloses Reh und betrachtete Konrad mit neugierigen

Augen. Er atmete durch und machte einige Schritte in Richtung des Tiers. Diese Nähe schien dem scheuen Waldtier nun doch zu viel zu sein. Mit einem kräftigen Sprung setzte es sich in Bewegung und verschwand im Wald. Erst jetzt bemerkte Konrad ein weiteres Reh, welches dem ersten mit schnellen Schritten folgte.

Konrad setzte seine Suche weitere fünfzehn Minuten lang fort, als er meinte, in gut hundert Metern Entfernung ein Holzhaus zwischen den dichten Bäumen zu erkennen.

Endlich! Er hielt seinen Atem an und näherte sich behutsam dem Objekt. Nach der Hälfte der Strecke war er sich sicher: Die Waldhütte von Hardy Quanter war gefunden!

Er spähte und horchte nach allen Richtungen, ohne etwas Ungewöhnliches zu sehen oder zu hören. Mit äußerster Vorsicht bewegte er sich weiter auf das Haus zu. Um nicht frontal auf die Hütte zuzugehen, machte er jetzt einen Bogen nach links. So konnte er sich dem Haus von der Seite her nähern, auf der es keine Fenster gab. Die letzten Meter legte er geduckt, von Baum zu Baum huschend, zurück, immer darauf gefasst, dass ihm ein bewaffneter Mann entgegentreten würde. In kurzen Abständen hielt er in seinen Bewegungen inne, um zu lauschen. Noch hatte er nichts gehört, was darauf hindeutete, dass sich jemand in der Hütte befand.

Endlich hatte er sein Ziel erreicht. Er trat nahe an die Seitenwand und lauschte erneut. Noch immer war nichts Verdächtiges zu hören. Behutsam tastete er sich an der Wand entlang, bis er die Ecke erreicht hatte. Jetzt galt es, noch konzentrierter zu sein. Er trat um die Ecke, so dass er durch das erste Fenster ins Innere der Hütte spähen konnte. Er sah einen Tisch und zwei Stühle, eine Kochgelegenheit in der linken Ecke und einen breiten, massiven Holzschrank in der rechten. Neben dem Schrank führte eine verschlossene Tür in einen weiteren Raum. Von Quanter oder einer anderen Person gab es keine Spur. Konrad schlich leise weiter, um durch das nächste Fenster zu sehen. Dieses Fenster ließ ihn in denselben Raum blicken, nur aus einer leicht geänderten

Perspektive. Noch war nichts Auffälliges zu sehen. Konrad bewegte sich weiter, um in den hinteren Teil der Hütte zu gelangen. Er wollte unbedingt einen Blick in den separaten Raum werfen, um sich ganz sicher zu sein, dass sich niemand in der Hütte aufhielt. Tatsächlich gab es hier ein Fenster, was Konrad schon innerlich jubeln ließ. Seine Freude währte jedoch nur kurz: Die von innen zugezogenen Vorhänge erlaubten keinen Blick, so sehr sich Konrad auch reckte und streckte. Was sollte er tun?

Konrad überlegte verzweifelt – die Zeit wurde immer knapper. Schon hatte er sich zu dem Entschluss durchgerungen, in die Hütte einzubrechen, egal ob jemand da war oder nicht. Er war sich nur noch unschlüssig, ob er die Tür aufbrechen oder ein Fenster einwerfen sollte. Schließlich entschied er sich für die Tür. Noch während er überlegte, welches Hebelwerkzeug wohl geeignet wäre, drückte er den Türgriff nach unten. Erstaunlicherweise öffnete sich die Tür mit einem lauten Quietschen problemlos. Konrad war im ersten Moment so überrascht, dass er alle Vorsicht vermissen ließ und ein halblautes »Sieh mal an« hervorstieß.

Augenblicklich konzentrierte er sich wieder. So leise wie möglich betrat er die Hütte. Der Blick durchs Fenster wurde bestätigt: Der Raum war leer. Gefahr drohte, wenn überhaupt, aus dem separaten Zimmer. Aufmerksam und vorsichtig bewegte er sich auf die Tür zu. Dennoch verursachten seine Schritte knarrende Geräusche auf dem Holzfußboden.

Endlich hatte er sein Ziel erreicht. Ohne zu zögern drückte er die Klinke nach unten und öffnete die Tür einen Spalt breit. Ein breites Doppelbett füllte fast den ganzen Raum aus. Konrad stieß die Tür vollständig auf und betrat das Zimmer. Auch hier befand sich keine Menschenseele.

Um sich jedoch ganz sicher zu sein, überprüfte Konrad nochmal beide Räume und trat anschließend ins Freie, um eine Runde ums Haus zu machen. Dabei lauschte er immer wieder zum Haus hin, aber auch in den Wald hinein. Erst danach war er sich ganz sicher, dass er allein war, und betrat die Hütte erneut. Akribisch machte er sich nun daran, das Innere des Hauses zu untersuchen.

Alles war sauber und ordentlich aufgeräumt. Die Hütte wirkte verlassen und doch konnte sich Konrad des Eindrucks nicht erwehren, dass hier noch bis vor Kurzem jemand gewesen war. Irgendwie war alles zu ordentlich.

Konrad betrat erneut das Schlafzimmer und blickte sich um, konnte aber nichts Außergewöhnliches entdecken. Er bückte sich, stützte seine Hände auf dem Boden ab und streckte sich aus, wie um Liegestützen zu machen. Angestrengt versuchte er unter das Doppelbett zu schielen. Da! Da hinten lag doch etwas auf dem Boden. Konrad richtete sich auf und ging ums Bett herum, um den Gegenstand erreichen zu können.

Es sah aus wie ein Stück Papier und hatte in etwa DIN-A4-Größe. Behutsam, mit zwei Fingern, fischte er das Blatt unter dem Bett hervor. Erst jetzt bemerkte er, dass es sich um eine Fotografie handelte.

Er ging zum Fenster und schob die Gardinen beiseite, um besseres Licht zu haben. Seltsamerweise hatte das Bild rund zwanzig kleine, runde Löcher, die sich Konrad nicht erklären konnte. Dennoch erkannte er das Motiv des Fotos sofort. Fast über das ganze Bild hinweg war der Kopf eines Mannes abgebildet: Er handelte sich unverkennbar – trotz der vielen Löcher – um Günther Neusässer!

»Sigi, der dunkle Weiße …« Konrads Atem ging schneller. Für kurze Zeit zitterten seine Hände. Er trat nach draußen und atmete mehrmals tief durch, um sich zu beruhigen. Danach betrachtete er die Fotografie ausführlich. Es fiel ihm sofort auf, dass an den Ecken jeweils kleinere Löcher vorhanden waren, wie von Nägeln, mit denen das Bild irgendwo aufgehängt gewesen war.

Konrad betrat abermals die Hütte, als ihm ein Gedanke kam. Mit großen Schritten eilte er ins Freie und ließ zunächst seinen Blick in alle Richtungen schweifen. Dann ging er rasch von Baum zu Baum, so dass ein unbedarfter Beobachter ihn wohl für leicht verwirrt gehalten hätte.

Doch schließlich fand er, wonach er gesucht hatte: Den breiten Stamm einer alten Tanne, der in Mannshöhe von Löchern übersät war. Er nahm den Baum genauer in Augenschein und legte schließlich die Fotografie am Baumstamm an.

Die Löcher im Bild stimmten exakt mit den Löchern im Stamm überein!

Sogar die Nägel, mit denen das Bild befestigt gewesen war, steckten noch im Holz. Woher die Löcher rührten, war jetzt ebenfalls keine Frage mehr. Es handelte sich unzweifelhaft um Einschusslöcher von einer Pistole oder einem Gewehr. Der Kopf von Sigi Neusässer auf dem Foto war nichts anderes als eine Zielscheibe.

Konrad suchte die Umgebung des Gebäudes ab, um mit ein wenig Glück die Stelle ausfindig zu machen, von der aus geschossen worden war. Es stellte sich heraus, dass dies einfacher war, als er zunächst gedacht hatte. Da er die grobe Richtung kannte, woher die Schüsse gekommen sein mussten, fand er bald eine Stelle, an der der Waldboden platt gestampft war. Etwas überraschend war allerdings, dass diese Stelle mehr als zweihundert Meter von dem Baum entfernt lag. Somit waren zwei Dinge für Konrad jetzt ganz klar: Zum einen war hier – der Entfernung wegen – mit einem Gewehr geschossen worden. Zum anderen musste es sich um einen sehr guten Schützen handeln.

Jetzt endlich konnte Konrad die Puzzleteile zusammenfügen: Hardy wollte sich an seinem alten Freund Sigi rächen. Er wollte ihn erschießen! Der Rahmen, das Fußballspiel mit mehr als zehntausend Zuschauern, war ein willkommenes Ablenkungsmanöver. Sigi hatte auf der Ehrentribüne seinen Platz in nächster Nähe zum Ministerpräsidenten. Es sollte wie ein Attentat auf den Politiker aussehen und so allen Verdacht von Hardy fernhalten. Vielleicht – höchstwahrscheinlich sogar – wollte er dabei nicht nur auf Sigi schießen, sondern auch auf weitere Menschen im Umfeld, eventuell sogar auf den Ministerpräsidenten.

Konrad musste sofort Karin und die Polizei verständigen. Er fingerte nach seinem Handy in der Hosentasche. Allein, es war vergebens: Er hatte in der Hektik heute Morgen schlichtweg versäumt das Telefon einzustecken.

Kurze Zeit war Konrad unentschlossen. Er blickte zur Uhr und wurde dadurch aus seiner Lethargie gerissen.

In weniger als einer Stunde wurde das Spiel angepfiffen!

Bestimmt waren jetzt schon alle Ehrengäste im Stadion. Vielleicht war es schon zu spät!

Auf jeden Fall galt es, keine Zeit zu verlieren, wollte er sich noch eine kleine Chance erhalten, das Attentat zu verhindern. Ohne nochmal zur Hütte zu sehen, spurtete er los …

Es war leichter als gedacht, unbemerkt auf das Flachdach der Halle zu gelangen. Er hatte sich allerdings dafür auch einen günstigen Moment ausgesucht: Die Ankunft des Mannschaftsbusses des FC Bayern München vor dem Albstadion. Alle Aufmerksamkeit war auf die Stars gerichtet, die dem Bus entstiegen.

So achtete auch niemand darauf, dass ein Mann mit länglicher Tasche dabei war, das Dach der etwas höher gelegenen Sporthalle zu erklimmen.

Hardy war in den letzten Wochen mehrmals hier gewesen, um die Gegend zu inspizieren. Nicht weil er vorhatte, selbst zu schießen. Nein, er wollte nur alles unter Kontrolle halten; an jede Kleinigkeit denken. Und dann war plötzlich doch alles anders gekommen. Nur weil der Kerl den Hals nicht voll bekommen konnte. So war Hardy gezwungen gewesen, sich kurzfristig einen neuen Plan zurechtzulegen. Er musste die Sache jetzt selbst in die Hand nehmen. Eigentlich war das gut – so hatte er keinen Mitwisser.

Seltsam, dass in den Medien nichts von Brasko erwähnt worden war – oder hatte man ihn vielleicht noch gar nicht gefunden? Wie auch immer, er hatte die Waffe mitsamt hundert Schuss Munition an sich genommen und war so in der Lage, die Schüsse jetzt selbst abzugeben. Er war immer noch ein geübter Schütze, auch wenn seine aktive Zeit im Schützenverein schon Jahre zurücklag. Einige Trainingsschüsse in der Nähe der Hütte hatten dies auf beeindruckende Art bewiesen. Er war selbst überrascht gewesen, so gut zu treffen. Allerdings hatte er sich erst an den Schalldämpfer gewöhnen müssen, denn durch den Aufsatz hatte die Kugel eine leicht geänderte Flugbahn. Jedoch hatte er diese Besonderheit schon nach wenigen Schüssen unter Kontrolle. Die Büchse der Schweizer Firma Grünig + Elmiger lag ihm allerdings auch perfekt in der Hand. Der Schaft aus Nussbaum schien für seine Schulter gemacht worden zu sein. Nicht einmal fünf Kilo wog das Gewehr. Dazu kamen jedoch noch Zielfernrohr und Schalldämpfer. Dank Letzterem hatte er, ohne aufzufallen, im Wald seine Probeschüsse abgeben können. Mit diesem Gewehr würde er auch jetzt die tödlichen Schüsse abfeuern, ohne dass laute Knallgeräusche seinen Standort verraten würden. So würde er genügend Zeit haben, um unbemerkt zu entkommen. Alles war perfekt geplant und würde endlich wieder Ruhe in sein Leben bringen.

Unbemerkt hatte er es geschafft, auf das Dach der Halle zu gelangen. Unten, in etwa zweihundert Metern Entfernung, lag das jetzt schon fast vollständig gefüllte Stadion vor ihm. Hardy atmete durch. Er suchte sich eine Stelle, von der aus er den besten Blick auf die Ehrentribüne im Stadion hatte. Danach begann er, seine Tasche zu entleeren. Behutsam packte er Gewehr, Zielfernrohr, Schalldämpfer und Zweibein aus und begann sofort mit dem Zusammenbau. Die wenigen Handgriffe hatte er akribisch geübt, so dass die Waffe in kurzen Augenblicken einsatzbereit war. Zuletzt schob er das gefüllte Magazin ein. Nun ging er daran, einen festen Stand für das Zweibein zu schaffen, damit er das Gewehr sicher auflegen konnte.

Obwohl er in den vergangenen Tagen immer und immer wieder durch das Zielfernrohr gesehen hatte, verblüffte ihn der Blick jetzt doch sehr. Nie hätte er gedacht, dass er ein so klares Bild von den Menschen auf der Tribüne bekommen würde. Kleinste Details waren zu erkennen. Er schwenkte das Gewehr von einem Ende des Stadions zum anderen. Dabei blickte er unablässig durch das Zielfernrohr. Eine aufsteigende Wasserfontäne, die sein Blick erfasste, ließ ihn innehalten. Hardy strengte seine Augen an. Nach einigen Sekunden jedoch hatte er die Situation erfasst und sein Blick entspannte sich wieder.

»Diese Idioten …«, murmelte er.

Im Stadion hatten Feuerwehrleute – ob der großen Hitze – Schläuche ausgelegt und spritzten nun kühlendes Wasser in hohem Bogen auf die Zuschauertribünen. Einige dieser Helfer allerdings ließen sich durch Rufe aus dem Publikum anstacheln: Sie hielten ihre Schläuche jetzt nahezu frontal in die Zuschauermenge, was wiederum eine laute Protestwelle zur Folge hatte. Es fielen einige unschöne Worte, größtenteils jedoch wurde die Aktion von fröhlichem Gelächter begleitet, war sie doch eine willkommene Abwechslung, die die Wartezeit bis zum Spielbeginn verkürzte.

Hardy bewegte sein Zielfernrohr langsam weiter. Sorgfältig suchte er die Ehrentribüne ab. Hier klaffte noch die größte Lücke im gesamten Tribünenabschnitt. Sigi und der Ministerpräsident waren noch nicht zu sehen. Hardy blickte zur Uhr. Noch fünfundzwanzig Minuten bis zum Anpfiff. Dazu würde er es nicht mehr kommen lassen …

Konrad fuhr in wildem Tempo dem Stadion entgegen. Plötzlich waren die Bilder seiner Neffen Tim und Jan vor seinen Augen erschienen. Er bekam panische Angst, dass den beiden etwas zustoßen könnte. Es galt, keine einzige Sekunde zu verlieren.

Als er jedoch in Truchtelfingen auf die Hauptstraße Richtung Ebingen abbog, musste er feststellen, dass der Verkehr hier zusehends zähflüssiger wurde. Genervt trommelte Konrad mit seinen Daumen aufs Lenkrad. Keine

Chance – jetzt stand der Verkehr sogar völlig still. Mit einem gewagten Manöver scherte Konrad trotz Gegenverkehr zur Seite aus. Nur fünfzig Meter hatte er zurückzulegen, bevor er nach links abbiegen konnte.

Es war die Hölle! Hupend und winkend traten die entgegenkommenden Autofahrer auf die Bremse. Irgendwie schaffte es Konrad aber doch, die Abzweigung zu erreichen, ohne einen anderen Wagen zu streifen. Sein Plan war, auf eine kleine, schmale Seitenstraße zu gelangen, die entlang der Schmiecha direkt zum Stadion führte. Leider musste er bald einsehen, dass auch dieser Weg blockiert war. Hier allerdings durch eine Absperrung, die von vier Feuerwehrleuten bewacht wurde.

Konrad lehnte sich aus dem Wagen: »Ich muss hier durch. Es geht um Leben oder Tod!«

Der vorderste Feuerwehrmann, ein breitschultriger Typ mit dunklem Vollbart, erwiderte gelassen: »Du wirst dein Autogramm von Luca Toni schon bekommen. Hier durch kommst du aber nicht!«

»Warten Sie …«, setzte Konrad an, brach dann aber mitten im Satz ab. Es war ihm schlagartig klar geworden, dass es hier keine Möglichkeit gab, durchgelassen zu werden. Wenigstens keine schnelle. Verzweifelt wendete er seinen Citroën und fuhr den Wagen geradewegs in eine Wiese mit hohem Gras. Er blickte zur Uhr: Noch achtzehn Minuten bis zum Anpfiff. Mit einem lauten Knall ließ er die Tür ins Schloss fallen, um sich zu Fuß auf den Weg ins Stadion zu machen.

Jetzt kamen ihm seine regelmäßigen Joggingrunden zugute. Ohne übermäßig außer Atem zu kommen, lief er mit raumgreifenden Schritten seinem Ziel entgegen.

Schon bald kam die Tennishalle in Sichtweite. Von dort aus war es nicht mehr weit zum Stadion. Nachdem er die Tennisanlagen hinter sich gelassen hatte, tauchte das Albstadion vor ihm auf. Der Strom von Menschen, die versuchten auf den letzten Drücker ins Stadion zu drängen, wurde nun immer größer. Aus der Arena heraus war laute Musik zu hören.

Er hatte sich die ganze Zeit über Gedanken gemacht, wo er nach Quanter suchen sollte. Nun, da er sein Ziel erreicht hatte, war er sich noch immer nicht schlüssig darüber.

War er im Stadion?

Konrad tat diesen Einfall ab, da er sich mit seinem Gewehr nicht unter so viele Menschen wagen konnte.

Also: Nicht im Stadion – wo dann?

Quanter hatte es auf die Leute, die auf der Ehrentribüne ihren Platz hatten, abgesehen. Somit konnte er nicht hinter der Ehrentribüne sein. Dies wiederum bedeutete, Quanter musste sich hier irgendwo links – von Konrads Standort aus gesehen – aufhalten.

Langsam bewegte sich Konrad weiter, den Blick angestrengt nach links gerichtet. Da – er zuckte zusammen. Es war ihm, als hätte er einen Lichtstrahl auf dem Dach der Sporthalle gesehen. Nur ganz kurz. Jetzt war wieder gar nichts zu erkennen. Das Dach der Halle sah ruhig und verlassen aus, während im Stadion ein unbeschreiblicher Lärm losbrach. Die Mannschaften betraten das Spielfeld ...

Etwas ärgerlich blickte Hardy durch das Zielfernrohr. Bisher hatte sich keine Gelegenheit zum Schuss ergeben. Gerade nahmen die Spieler aus München und Albstadt Aufstellung. Zwar waren jetzt alle Ehrengäste auf der Tribüne, jedoch herrschte noch ein solches Durcheinander, dass ein gezielter Schuss nicht möglich war.

Ja, alle waren da: Der Ministerpräsident – und Sigi! Als er auch Renate unter den Zuschauern erblickte, verlor er kurz seine Fassung. Er war so überrascht sie zu sehen, dass er für einige Augenblicke seine sichere Position – ausgestreckt, auf dem Bauch liegend – aufgegeben und sich aufgerichtet hatte. So, als könnte er mit bloßem Auge mehr sehen als durch das Zielfernrohr. Schnell hatte er sich wieder auf den Boden geworfen. Er durfte jetzt keinen Fehler machen.

Renate!

Hardy legte seine Stirn auf das nackte Hallendach und presste in hektischen Atemzügen Luft aus seiner Nase.

Allmählich beruhigte er sich wieder. Egal – dann würde sie eben auch sterben. Es war ein Wink des Schicksals, jetzt beide im Visier zu haben. So würde seine Rache komplett werden. Außerdem hatte er ohnehin geplant, das ganze Magazin leer zu schießen.

Er kniff das linke Auge zusammen und blickte mit dem rechten wieder durch das Zielfernrohr. Zufrieden konnte er jetzt feststellen, dass jeder auf der Ehrentribüne seinen Platz eingenommen hatte. In diesem Moment ertönte der Anpfiff. Bis hier oben war er deutlich zu hören. Hardy überprüfte nochmal die Waffe.

Alles war in Ordnung – jetzt war der Augenblick gekommen …

Konrad spurtete in Richtung der Sporthalle. Es war seine einzige Chance. Genau betrachtet war dies wohl auch der einzig geeignete Ort, um Schüsse in Richtung Ehrentribüne abzufeuern. Schon von Weitem hatte er bemerkt, dass es auf der Vorderseite der Halle keine Möglichkeit gab, auf das Dach zu kommen. Also hatte er seine Richtung geändert, um so zur Rückseite zu gelangen. Noch hatte er das Gebäude nicht erreicht, da hörte er einen schrillen Pfiff. Das Spiel hatte begonnen.

Eine erneute Panikwelle überflutete Konrad. Er versuchte sein Tempo nochmal zu steigern. Endlich erreichte er das Gebäude. In rasender Eile sondierte er die Lage. Schnell fiel ihm eine Stelle auf, von der aus es möglich war, auf das Hallendach zu klettern.

Kurz bevor er das Dach erreichte, hielt er inne. Vorsichtig reckte er seinen Kopf nach oben, bis er das Hallendach überblicken konnte. Und dann sah er ihn: Flach auf dem Boden, ein Gewehr im Anschlag, lag ein Mann im vorderen zum Stadion hin gewandten Teil des Dachs. Hatte er schon geschossen?

Hardy hatte sein Opfer jetzt fest im Visier. Es war ihm, als wäre er in ein Vakuum eingebettet. Er nahm keine Geräusche mehr wahr und sah nur noch die Menschen auf der Ehrentribüne durch sein Zielfernrohr. Kurz drehte er das Gewehr leicht zur Seite. So hatte er nicht mehr Sigi, sondern Renate vor Augen. Eine eigentümliche Wärme breitete sich in seinem Körper aus. Nun würde er die Sache endlich zu Ende bringen. Er drehte das Gewehr abermals leicht, um wieder Sigi im Visier zu haben. Sein Zeigefinger suchte den Druckpunkt des Abzugs. Endlich …

In diesem Moment tauchte ein Schatten hinter ihm auf. Das Gewehr wurde ihm aus der Hand gerissen. Ein dumpfer Schlag und ein schrilles Zischen waren zu hören. Der Schuss hatte sich gelöst und flog dem blauen Albstädter Himmel entgegen.

Konrad war, nachdem er das Hallendach erklommen hatte, einfach losgespurtet. Jetzt war keine Zeit zum Überlegen. Intuitiv stürzte er sich auf den Schützen und packte das Gewehr mit beiden Händen. Ein Schuss löste sich, aber jetzt hatte Konrad die Waffe in der Hand. In weitem Bogen schleuderte er das Gewehr vom Dach hinunter.

Schnell hatte sich Hardy vom ersten Schock erholt. Voller Wut sprang er auf und stürzte sich auf Konrad. Von der Wucht des Angriffs wurde Konrad zu Boden gerissen und kam am Rande des Dachs zu liegen. Sofort war der Angreifer über ihm und drückte den hilflosen Konrad mit unbändiger Kraft immer mehr über den Rand des Daches. Konrad hatte zum Schutz beide Hände über den Körper gehalten. Diese hielt nun Quanter mit seiner Rechten fest, während er mit seiner Linken die Kehle seines Gegners zudrückte.

Konrad bekam keine Luft mehr und wurde immer weiter von Quanter über das Dach hinausgedrängt. Er wusste, dass er es jetzt mit allen Mitteln versuchen musste, sich aus den Fängen seines Gegners zu befreien. Er schloss die Augen, um alle seine Kraft in einen Gegenschlag bündeln zu können.

Urplötzlich jedoch wurde der Griff um Konrads Hals und Hände lockerer. Er riss seine Augen auf und gewahrte Kommissar Langner sowie zwei Polizisten in Uniform, die sich über Quanter hergemacht hatten. Wie von Sinnen sträubte sich dieser gegen die Festnahme. Die drei Polizisten hatten ihn jetzt von Konrad weggezogen und drückten ihn zu Boden. Während ihn die beiden Uniformierten festhielten, legte ihm Langner Handschellen an. Erst danach war der Widerstand Quanters gebrochen. Keuchend, aber ohne Gegenwehr lag er auf dem Hallendach.

Jetzt erst sah Konrad Karin, die ebenfalls aufs Hallendach geklettert war. Sie nickte Konrad besorgt zu, woraufhin dieser mit einer beruhigenden Geste antwortete.

Kommissar Langner hatte inzwischen telefoniert und näherte sich nun Konrad, der dabei war seinen Hals abzutasten.

Langner schien aufrichtig besorgt um seinen alten Schulkameraden und fragte mit beinahe zitternder Stimme: »Konrad. Ist alles in Ordnung bei dir?«

»Bis auf die Tatsache, dass ich die ersten fünfzehn Minuten vom Spiel verpasst habe …«

»Konrad, hör mal … Es tut mir leid … Ich habe dich zu Unrecht verdächtigt. Du hattest Recht. Ich hätte besser auf dich hören sollen …«

»Schon gut, Jojo. Du hast mir dafür gerade aus einer erdrückenden Situation geholfen. Ich muss dir danken.«

»Na gut, dann steht es jetzt wieder unentschieden.«

Die Stimme des Kommissars hatte nun wieder an Sanftheit verloren und war zum gewohnten Befehlston zurückgekehrt.

»Eine Frage hätte ich allerdings schon noch«, sagte Konrad, wobei er sich wieder auf die Beine stellte. »Wie hast du mich hier oben denn gefunden?«

Langner strich sich mit Daumen und Zeigefinger über seinen Schnauzbart.

»Der Tipp kam von der Kollegin Berger. Sie hatte dich zu Hause nicht angetroffen und konnte dich auch per

Handy nicht erreichen. Daraufhin hat sie mich angerufen und mir alles berichtet. Ich habe mich überreden lassen, ums Stadion herum quasi zu patrouillieren. Tatsächlich habe ich dich dann entdeckt, nachdem ich mir die Füße schon fast wundgelaufen hatte. Du bist wie von der Tarantel gestochen auf die Sporthalle zugerannt. Ich habe über Funk Alarm geschlagen und bin dir hierher gefolgt. Den Rest der Geschichte kennst du. Ich bin just in dem Moment aufs Dach gekommen, als du das Gewehr vom Dach geschleudert hast. Ich habe es übrigens gerade sicherstellen lassen und weitere Verstärkung angefordert. Jedoch äußerst diskret. Wir wollen doch nicht Tausende von Zuschauern vom Spiel ablenken.«

»Das ist aber sehr nett von dir. Wie steht's eigentlich?«

»Witzbold! Ich denke, wir haben gerade andere Sorgen als das Zwischenergebnis eines Fußballfreundschaftsspiels.«

»War ja auch nur so eine Frage … Die größten Sorgen allerdings, so meine ich, sind wir los.«

»Nun, irgendwie ja schon«, lenkte der Kommissar wieder ein. »Ich glaube, Bayern hat vorhin das 0:1 durch Altintop geschossen, wenn ich die Durchsage richtig verstanden habe.« Langner kratzte sich am Hinterkopf. »Aber irgendwie ja auch nicht. Zumindest auf mich kommt noch eine Menge Arbeit zu. Ich muss Quanter verhören, Berichte schreiben und vieles mehr. Deine Aussage brauche ich natürlich auch noch. Aber nicht mehr heute. Es reicht, wenn du morgen aufs Revier kommst. Ist das in Ordnung für dich?«

»Das ist mehr als in Ordnung. Ich werde da sein.«

In diesem Moment kamen die zur Verstärkung herbeigerufenen Polizisten aufs Dach. Quanter wurde abgeführt und auch die anderen verließen den Tatort. Unten angekommen umarmte Karin Konrad.

»Ich habe mir wirklich Sorgen gemacht«, sagte die junge Polizistin. »Du bist ja ein richtiger Held …«

»Na, jetzt aber mal halblang. Um ein Haar wäre ich ein toter Held gewesen. Der Kerl wollte mich doch tatsächlich vom Dach stoßen …« Konrad fasste sich dabei an seinen geröteten Hals und schluckte schwer. »Du hast heute Morgen angedeutet, dass du bei deinen Überlegungen in der Nacht noch auf etwas gestoßen bist. Was war es denn?«

»Das! Ach ja. Es war im Nachhinein nichts Wichtiges, da du den Fall ja ganz allein gelöst hast. Mir ist nur der Gedanke gekommen, dass Quanter vielleicht gar nicht in der Türkei ist. Ich dachte nur, wir sollten uns die Sache einmal von dieser Seite aus betrachten.«

»Der Gedanke war ausgezeichnet und wie sich herausgestellt hat, lagst du vollkommen richtig. Mir ist das auch eingefallen, jedoch erst heute Vormittag. Deshalb bin ich nochmal nach Winterlingen zu Peter Maierdorfer gefahren und habe schließlich Quanters Waldhütte gefunden.«

Das Gespräch wurde jäh vom Kommissar unterbrochen. Im Vorbeigehen kommandierte er: »Frau Berger! Ich brauche Sie auf dem Revier.«

»Jawohl, Chef«, entgegnete Karin und an Konrad gewandt: »Ich denke, du solltest jetzt nach Hause gehen. Lena wartet auf dich. Ich habe ihr alles erzählt. Sie ist übrigens supernett. Und ich glaube, sie liebt dich sehr.«

Konrad senkte verlegen den Kopf und sah dabei erst, wie mitgenommen seine Kleidung war. »Du hast recht. Ich werde mich erst mal umziehen. Wenn ich so unter die Leute gehe, halten die mich noch für einen Verbrecher. Oder gar für einen Mörder …«

## 19

Konrad war nur wenige Schritte gegangen, als er plötzlich das Gefühl hatte, intensiv beobachtet zu werden. Er richtete seinen Blick zur Seite und sah unter den wenigen Schaulustigen, die neugierig den Polizeieinsatz beobachteten, ein bekanntes Gesicht. Ein sehr bekanntes Gesicht sogar: Lena betrachtete ihn mit einem breiten Grinsen, das noch strahlender wurde, als sie sah, dass Konrad sie bemerkt hatte. Wie auf Kommando rannten beide los, aufeinander zu. Einer innigen Umarmung folgte ein leidenschaftlicher Kuss.

Erst danach ergriff Lena das Wort: »Konrad, die Sache vorhin tut mir unendlich leid. Ich habe die Situation völlig missverstanden. Es sieht leider so aus, als wäre ich fürchterlich eifersüchtig.«

»Welche Situation denn? Ich kann mich an nichts erinnern«, grinste Konrad.

»Ach ja … Karin hat mir alles erzählt. Sie ist wirklich nett. Wir sind jetzt per du.«

»Schön. Aber warte erst einmal ab, bis ich dir alles erzählt habe. Das wäre Stoff für einen Zeitungsartikel von dir.«

»Da freue ich mich schon. Zuerst jedoch solltest du kurz unter die Dusche. Du siehst – wenn ich das sagen darf – verboten aus.«

»Manchmal ist es das Verbotene, das am meisten reizt … Aber: Wie kommst du eigentlich hierher? Karin sagte, du wartest zu Hause auf mich.«

»Das stimmt allerdings. Sie sagte, als wir dich nicht finden konnten, sie müsse jetzt schnell zum Stadion. Ich solle derweil bei dir zu Hause warten.«

»Ich verstehe schon. Warten fällt dir schwer.«

»Ganz genau. Wobei ich ja schon ein paar Minuten lang gewartet habe. Kurz entschlossen bin ich anschließend jedoch hierhergefahren. Ich habe gerade noch mitbekommen, wie ein Mann in Handschellen vom Dach geführt wurde und wie du kurze Zeit später mit dem mir bekannten Kommissar Langner nachgestiegen bist.«

»Sag mal, wie konntest du eigentlich die Sperren umfahren?«

»Gar nicht. Sie haben mich durchgelassen.«

»Wie denn das? Ich habe es nämlich auch versucht.«

»Ganz einfach: Ich habe ihnen meinen Presseausweis gezeigt. Eine Kieler Zeitung – das zieht.«

»Das kann ich mir allerdings vorstellen. Es wundert mich, dass sie dich nicht mit Blaulicht eskortiert haben.«

Die beiden erreichten gerade Lenas Auto, als hundert Meter weiter im Stadion zur Halbzeit gepfiffen wurde.

»Halbzeitstand in der Partie FC 07 Albstadt gegen Bayern München null zu vier«, ertönte es aus dem Lautsprecher.

Kaum acht Stunden war es her, seit Konrad das erste Mal an diesem Tag unter der Dusche gestanden hatte. Jetzt ließ er wieder das wohltuende Nass über seine Haut rinnen. Und ganz allmählich spürte er, wie sich die Anspannung in Kopf und Körper löste.

Schon einige Minuten lang stand er still, um das muntere Geplätscher zu genießen. Dabei hatte er sich mit verschränkten Armen in Kopfhöhe an die Wand der Duschkabine gelehnt und seine Stirn darauf abgestützt.

Das herabfallende Wasser auf seinem Kopf verhinderte, dass er hörte, wie die Badezimmertür geöffnet wurde. Erst als die Duschkabine aufgeschoben wurde, schreckte er auf.

Ohne ein Wort zu verlieren betrat Lena, völlig entkleidet, die Kabine und begann mit sicheren Händen den Nacken Konrads zu massieren. Es schien, als wäre dies genau das, was er zu seiner vollständigen Entspannung benötigte. Je mehr Lenas Hände sich über Konrads Körper vorarbeiteten, desto leichter fühlte er sich.

Bald jedoch verwandelte sich diese Leichtigkeit in eine zügellose Leidenschaft, von der auch Lena ergriffen wurde. Sie liebten sich unter der Dusche, ohne das Wasser und die enge Duschkabine wahrzunehmen.

Noch immer nackt lagen die beiden später ausgestreckt im Halbschlaf auf dem Bett in Konrads Schlafzimmer. Das Läuten des Telefons riss sie aus ihrer innigen Zufriedenheit. Als sich Konrad erhob, wurde er schmerzlich an den zurückliegenden Kampf auf dem Hallendach erinnert. Sein Rücken schmerzte und sein Hals war immer noch von Quanters Würgegriff gerötet.

Das Display am Telefon zeigte eine ihm unbekannte Nummer.

»Landberg«, meldete er sich neugierig.

»Hallo Konrad, hier ist Karin. Ich bin jetzt noch auf dem Revier. Wir haben aber fast alles für heute abgeschlossen. Quanter hat ein vollständiges Geständnis abgelegt. Dabei konnten alle Dinge lückenlos aufgeklärt werden.«

»Das ging aber schnell! Ich bin sehr gespannt, was du zu berichten weißt. Hat er wirklich alles gestanden?«

»Es war eigentlich eine dramatische Situation. Noch bis in den Verhörraum hatte er sich gesträubt und kein Wort gesagt. Dann aber, als er für kurze Zeit allein war, ist er in Tränen ausgebrochen. Er hatte sich auf dem Boden zusammengekauert und stand am Rande eines Nervenzusammenbruchs. Als er sich danach wieder beruhigt hatte, sind die Worte nur so aus ihm herausgesprudelt. Ich werde euch alles berichten, denn Lena ist bestimmt ebenfalls sehr interessiert.«

»Darauf kannst du wetten.«

»Das dachte ich mir. Von Kommissar Langner habe ich übrigens auch das Okay. Wie wäre es in einer Stunde in Ebingen in dem Straßencafé in der Innenstadt?«

»Das wäre super! Wir werden da sein. Hat er auch alles über den Mord an dem Auftragskiller berichtet?«

»Absolut! Ich denke, es wird sehr interessant für dich werden.«

## 20

Die Hitze des Tages hatte sich in eine gemütliche Wärme verwandelt. In der Ebinger Innenstadt herrschte reges Treiben. Jeder schien die letzten Stunden des Wochenendes genießen zu wollen.

Dementsprechend gut waren die Cafés und Eisdielen gefüllt. Zum Glück hatte Karin Berger noch einen Tisch in der verabredeten Lokalität, einem Straßencafé direkt in der Fußgängerzone, ergattern können, den sie vehement verteidigte, bis Konrad mit Lena eintraf.

Die Begrüßung fiel herzlich aus, obwohl sie sich erst vor wenigen Stunden zuletzt gesehen hatten. Die beiden Frauen gar begrüßten sich, als wären sie schon jahrelang die besten Freundinnen. Das Ganze war wohl auch ein Tribut an die intensiven Begebenheiten des heutigen Tages.

Nachdem die beiden Neuankömmlinge an dem runden Tisch, der am Rande des Areals stand, Platz genommen hatten, blickte sich Konrad um. Von hier aus hatte er einen hervorragenden Überblick über die Fußgängerzone. Da waren zwei Männer im Raddress zu sehen, die ihre Fahrräder jeweils mit der linken Hand neben sich herschoben, während sie mit der rechten ein Eis zum Mund führten. An den Lenkern ihrer Mountainbikes waren Startnummern befestigt, ein untrügliches Zeichen dafür, dass die beiden gestern am großen Bike-Marathon teilgenommen hatten. Weiter vorn waren Kornrad schon auf dem Weg zum Café zwei hochwertige Mountainbikes aufgefallen, die sehr verschmutzt und noch mit Startnummern an den Lenkern an einem Laternenpfahl angekettet waren – ebenfalls ein Hinweis darauf, dass Albstadt auch vierundzwanzig Stunden nach dem großen Radrennen immer noch fest in Hand der Biker war.

An das Ereignis im Fußballstadion erinnerten einige jugendliche Fans, die im roten Bayerntrikot die Fußgängerzone bevölkerten. Auch bei ihnen durfte das Eis nicht fehlen. Wieder anderen sah man an, dass sie direkt vom See oder Freibad hierhergekommen waren, um noch etwas zu trinken oder aber ein Eis zu essen.

Zuletzt gab es Leute allen Alters, die sich fein herausgeputzt hatten, um zu sehen und gesehen zu werden. Manche Krawattenträger wollten nicht wirklich in das sommerliche Bild der Stadt passen. Alle jedoch hatten – so sah es jedenfalls Konrad – eines gemeinsam: Sie verband eine gelassene Zufriedenheit, wohl auch weil es Sommer war und die großen Ferien bald beginnen sollten. Oder aber, weil Konrad von eben dieser Zufriedenheit ergriffen war und sie auf alle Menschen in seiner Umgebung übertrug.

Schon stand die Bedienung, eine junge Dame mit roten Strähnen in den Haaren, neben dem Tisch und warf fragend ein fröhliches »Hallo?« in die Runde.

»Ein großes Apfelschorle und einen Kaffee bitte«, orderte Konrad.

»Kommt noch jemand oder hast du für mich gleich mitbestellt?«, fragte Lena verwundert.

»Das kann man nie wissen, ob noch jemand auftaucht. In diesem Fall jedoch ist beides für mich. Das Apfelschorle gegen den Durst und der Kaffee, weil es der erste ist, den ich heute in Ruhe genießen kann.«

»Wenn das so ist, nehme ich dasselbe.«

Die Bedienung nickte freundlich und gar nicht überrascht.

»Und ich habe jetzt richtig Lust auf ein kühles Hefeweißbier!«, beendete Karin die Bestellung. Auch diese Order nahm die Rotsträhnige mit einem Lächeln auf den Lippen entgegen.

»Hast du dich wieder erholt?«, wandte sich nun Karin an Konrad.

»Danke der Nachfrage. Mir geht es gut. Allerdings habe ich es jetzt erst einmal satt, Verbrecher zu jagen.«

»Das kann ich mir vorstellen. Du hast ja auch eine sensationelle Arbeit geleistet. Mein Chef, Kommissar Langner, hat es vorher nochmal betont. Ohne dich wäre es wohl zu einer großen Katastrophe gekommen.«

»Das ist nett vom Kommissar. So langsam muss ich mir überlegen, ob er noch Schulden bei mir hat, wenn er mich so lobt. Aber jetzt bin ich gespannt, was du uns zu berichten hast.«

»Ja genau. Ich habe übrigens die ausdrückliche Erlaubnis meines Chefs, euch alles zu erzählen, mit einer einzigen Auflage: Ihr müsst die Sache, vorerst zumindest, für euch behalten.«

Die beiden Angesprochenen nickten verschwörerisch.

»Wie ich dir schon am Telefon berichtet habe, ist Quanter in der Verhörzelle regelrecht zusammengebrochen. Er hat geheult wie ein kleines Kind und anschließend alles gestanden.

Nachdem Neusässer ihn damals mit seiner Frau betrogen und danach sein Geld aus der Firma gezogen hatte, um in den Osten zu gehen, war der Betrieb nicht mehr zu retten. Die Firma bankrott, die Frau weg, vom besten Freund betrogen – das war zu viel für Quanter.«

»Irgendwie verständlich«, warf Lena nachdenklich ein.

»Ja, nicht? Von diesem Moment an hat Quanter Rache geschworen. Über die Jahre hinweg war dieses Rachegefühl einmal stärker, einmal schwächer ausgeprägt. Erst als sich Neusässer mit einem Brief an alle alten Freunde – auch an Quanter – in Albstadt angekündigt hatte, fasste Quanter seinen Entschluss. Jetzt wollte er endlich Rache nehmen. Sein Plan war, einen Killer zu beauftragen. Deswegen machte er sich auf den Weg nach Frankfurt. Hier suchte er die Nähe zu den übelsten Kreisen, und tatsächlich gelang es ihm, Kontakt zu Denile Brasko, einem gesuchten Auftragskiller, herzustellen. Brasko war übrigens nur einer von fünf Namen, unter denen der Mann aufgetreten ist und die der Polizei bekannt sind.

Für eine Unsumme kaufte er Brasko ein. Dieser reiste bereits vor einigen Tagen in Albstadt an. Er mietete sich telefonisch eine Ferienwohnung bei deinen Eltern, wohl weil wegen des Radrennens alle Hotelzimmer der Stadt ausgebucht waren. So ist auch der Zettel zu erklären, den wir bei Brasko gefunden haben und auf dem der Name »Landberg« geschrieben stand. Er hatte sich wohl eine Notiz gemacht, um später die Wohnung zu finden. Genau dieser Brasko war es nämlich, den Konrad gefunden hat, kurz nachdem der niedergestochen worden war.«

»Und Quanter hat das tatsächlich getan?«, fragte Konrad dazwischen.

»Ja. Die beiden hatten ein Treffen in der Abgeschiedenheit vereinbart, um die letzten Details zu besprechen und um eine Rate des Geldes zu übergeben.

Dabei kam es zu einer folgenschweren Auseinandersetzung. Brasko wollte plötzlich mehr Geld und zwar das Doppelte vom ursprünglich vereinbarten Betrag. Sonst, so drohte er, würde er die ganze Sache auffliegen lassen.

Die Aussicht wieder einmal hereingelegt zu werden, verkraftete Quanter nicht. Er zog ein Messer und stach auf Brasko ein. Dieser, obwohl er wirklich ein Profikiller war, hatte dem unerwarteten Angriff nichts entgegenzusetzen. Quanter brachte noch die Autoschlüssel von Brasko an sich und rannte dann davon. Er benutzte Braskos Wagen, um zu entkommen. Und darin fand er übrigens auch das Gewehr, mit dem er später versucht hat, Neusässer zu töten. Er steuerte das Auto nach Tübingen und stellte es dort ab. Danach kehrte er mit dem Zug nach Albstadt zurück. Wir haben das im Übrigen nachgeprüft. Die Kollegen aus Tübingen haben den Wagen bereits gefunden. Es war alles so, wie Quanter es erzählt hat.

Noch am selben Tag verschwand Quanter in seiner Waldhütte oberhalb von Truchtelfingen, wobei er schon vorher allen erzählt hatte, er trete jetzt einen zweiwöchigen Türkeiurlaub an. Dies war Teil seines Plans, um auf gar keinen Fall mit dem mutmaßlichen Tod Neusässers in Verbindung gebracht zu werden. Dort verbrachte er die Zeit bis Sonntag, also heute. Verpflegung hatte er schon Tage zuvor in die Hütte geschafft. Heute also wollte er, noch bevor das Fußballspiel anfing, die tödlichen Schüsse vom Hallendach aus abfeuern. Danach wieder in der Waldhütte verschwinden und eine Woche später, völlig ahnungslos sozusagen, aus der Türkei zurückkehren.

Nun, das hat Konrad ja zum Glück alles verhindert.«

»Was für eine Geschichte!«, sagte Lena. »Da könnte man ja glatt ein Buch darüber schreiben.«

»Was mich noch interessieren würde«, warf Konrad ein, »ich habe bei der Waldhütte festgestellt, dass dort ein sehr guter Schütze am Werk gewesen sein musste. Warum konnte Quanter so gut schießen?«

»Er war jahrelang aktives Mitglied im Schützenverein. Das hat er uns ebenfalls erzählt.«

»Das passt zusammen. Jetzt weiß ich auch, was die Wortfetzen bedeuten, die dieser Brasko gestammelt hat, kurz bevor er gestorben ist: ›Der dunkle Weiße‹. Damit war Neusässer gemeint, mit seiner extrem gebräunten Haut und seinen schneeweißen Haaren. ›Nebel Mister‹. Neusässer hatte seinen Platz neben – nicht Nebel – dem Ministerpräsidenten auf der Ehrentribüne. ›Fußballspiel‹. Damit war das Spiel Albstadt gegen Bayern München gemeint. ›Schuss‹. Beim Fußballspiel sollte ein Schuss und zwar ein Gewehrschuss auf Neusässer abgegeben werden.«

Karin nickte zustimmend, ohne etwas zu sagen. Auch die anderen beiden schwiegen und hingen ihren Gedanken nach.

Es war eine unglaubliche Geschichte, die sich in den letzten Tagen abgespielt hatte. Zum Glück mit einem glimpflichen Ausgang. Außergewöhnlich war allerdings, dass von all diesen Ereignissen die Menschen hier in der Fußgängerzone von Albstadt nicht das Geringste ahnten. Die Polizei hatte die Presse nicht informiert und so stand auch nichts in der Zeitung.

Zuerst ergriff Lena wieder das Wort: »Wenn wir gerade dabei sind, Geschichten zu erzählen, möchte ich auch gerne meinen Teil dazu beitragen: Ich hatte letzte Woche ein Gespräch mit der hiesigen Zeitung! Es verlief äußerst positiv.«

Lena machte eine Pause, um die Spannung zu erhöhen. Konrad nippte an seinem Kaffee und starrte dabei gebannt auf Lenas Mund.

»Ich kann nächstes Jahr bei der Zeitung anfangen! Das heißt, ich ziehe nach Albstadt, wenn man mich hier will.«

Konrad rang nach Luft und hustete gleichzeitig keuchend – er hatte sich an seinem Kaffee verschluckt. Lena und Karin klopften ihm gleichzeitig auf den Rücken und Lena meinte amüsiert: »Mit dieser Reaktion habe ich aber nicht gerechnet …«

»Ach was«, fiel Konrad ein, »ich freue mich so …« Mit Tränen in den Augen umarmte er Lena. »Und das sagst du so ganz nebenbei? So eine tolle Nachricht!«

»Du hast ja recht, aber seit ich hier in Albstadt bin, haben es die Ereignisse nicht zugelassen, darüber zu sprechen.« Bei dieser Antwort blinzelte Lena Konrad vielsagend zu.

»Ja, so gesehen … Du musst aber alles im Detail erzählen. Ich bin ja so gespannt …«

»Das habe ich mir fast gedacht, dass ich meinen Bruder hier treffe.«

Konrad blicke sich erstaunt um. Vor ihm standen seine Schwester Marion sowie ihr Mann Gerd. Der Schwager von Konrad führte Hund Pius an der Leine.

»Marion und Gerd!«, rief Konrad überrascht aus.

Mit wedelndem Schwanz stürzte sich Pius auf Konrad, der den Schnauzer sofort ausgiebig streichelte.

»Was treibt euch in die große Stadt?«, fragte Konrad spitzbübisch.

»Du musst gerade Witze machen«, konterte seine Schwester. »Ich habe gehört, du warst im Zuchthaus. Bist du auf Bewährung raus?«

»Genau«, fiel Gerd ein. »Wie ist es dir denn ergangen?«

»Nun – so weit ganz gut. Und auf Bewährung bin ich auch nicht. Ich war nicht einmal in einer Zelle. Das Ganze war ein ziemliches Missverständnis und eine lange Geschichte. Wenn ihr Zeit habt, werde ich euch …«

»Lena!« Konrad wurde zum wiederholten Mal durch seinen Schwager unterbrochen, der just in diesem Moment Lena wahrgenommen hatte.

Auch Marion hatte die junge Frau am Tisch erkannt: »Lena, du hier«, rief sie verblüfft aus.

Lena erhob sich lächelnd, um die beiden zu begrüßen. Sie hatte Konrads Schwester und deren Mann letztes Jahr im Sommer kennengelernt und auf Anhieb sympathisch gefunden.

»Ich habe mich spontan entschieden, heute nach Albstadt zu kommen. Konrad hatte keine Ahnung.«

»Super!« Marion war sichtlich erfreut, ihre Schwägerin in spe zu sehen.

Lena umarmte Konrads Schwester freudig und streckte danach Gerd die Hand entgegen.

»Spontan entschieden ist gut«, sagte dieser. »Das ist beinahe so, als ob ich sage: Ich fliege dann noch kurz vor der Tagesschau zum Mond.«

Lena lachte herzlich, bevor sie die beiden zum Bleiben einlud: »Setzt euch doch zu uns. Ich organisiere eben mal zwei Stühle.«

»Das geht leider nicht«, beeilte sich Marion zu sagen. »Wir müssen nach Hause und unsere beiden Kinder ins Bett bringen. Morgen ist Schule. Sie sind jetzt noch mit den Nachbarkindern auf der Straße und spielen Fußball. Gerd und ich haben das Gassigehen heute in die Stadt verlegt, um uns noch ein Eis zu genehmigen. Wir sind jetzt schon spät dran und müssen leider gleich weiter.«

Pius schien ganz und gar nicht der Meinung seines Frauchens zu sein. Er hatte sich unter Konrads Stuhl gelegt und signalisierte damit, dass er beschlossen hatte, noch eine Weile zu bleiben.

»Da fällt mir noch ein …«, besann sich Marion mit leuchtenden Augen. »Eines muss ich euch doch noch schnell berichten! Ihr könnt euch doch noch an den Feriengast, diesen Reto von Hohenfels, erinnern. Der mit diesen gruseligen Geschichten über die Goldene Frau.«

Sie blickte dabei bedeutungsvoll auf Karin und ihren Bruder. Beide nickten eifrig.

»Nun, heute kurz vor Mittag hat mich Vater angerufen und mir berichtet, sein Feriengast wäre gerade Hals über Kopf abgereist. Es gäbe neue Erkenntnisse über die Goldene Frau!«

»Na, erzähle doch endlich«, forderte Konrad seine Schwester auf, die eine bedeutungsvolle Pause eingelegt hatte.

»Gut! Von Hohenfels hat also Nachforschungen hier in Albstadt angestellt. Irgendwie ist er dabei auf einen Hobbyhistoriker aus Laufen gestoßen …«

»Laufen ist auch ein Stadtteil von Albstadt. Wenn man von hier aus Richtung Balingen fährt, kommt man durch«, fiel Konrad seiner Schwester ins Wort und richtete seinen Blick auf die beiden auswärtigen Frauen.

»Ich kenne Laufen«, nickte Karin, »ich hatte dort schon mal eine Zeugenbefragung.«

»Auf jeden Fall«, fuhr Marion nun fort, »hat dieser Laufener von Schriften gewusst, die bei Renovierungsarbeiten in der Burgfelder St.-Michaels-Kirche gefunden wurden.«

»Die Kirche birgt bedeutungsvolle Malereien aus der Zeit um 1070. Diese wurden Ende des 19. Jahrhunderts wiederentdeckt und erst vor ein paar Jahren restauriert.« Wieder war es Konrad, der seiner Schwester erklärend ins Wort gefallen war.

»Danke, du wandelndes Wikipedia«, ergriff Marion wieder das Wort. »Wie auch immer, von Hohenfels hat es geschafft, Einblicke in diese Schriften zu erhalten. Und – ihr glaubt es nicht – dort wurde eine engelhafte Gestalt mit hellem Haar erwähnt, die auf der Insel Reichenau, im damaligen Kloster, aufgetaucht war und vor einem großen Unglück gewarnt hatte …«

Jetzt wusste nicht einmal Konrad etwas zu sagen.

»Mehr habe ich nicht erfahren. Nur noch so viel, dass Vater diesen Historiker aus Laufen auch kennt …«

»Es gibt wohl niemanden in Albstadt, mit dem Vater nicht schon ein Schorle getrunken hat«, seufzte Konrad.

»… und«, erklärte Marion weiter, »dass Reto von Hohenfels bereits zum Bodensee aufgebrochen ist.«

»Faszinierend«, sagte Konrad.

»Ich finde das Ganze äußerst mysteriös«, meinte Karin und Lena sagte: »Ich verstehe gar nichts!«

»Oh, entschuldige«, entgegnete Konrad, »ich werde dir die ganze Geschichte ausführlich berichten.«

»So, jetzt wird es aber Zeit aufzubrechen …«, meldete sich Gerd, wurde aber jäh unterbrochen.

Eine Gruppe von gut einem Duzend Jugendlicher näherte sich, laut singend. Alle trugen Trikots von Bayern München und hatten einen Gürtel um die Hüfte geschwungen, von dem links und rechts zwei Ledertaschen herabhingen, in der Art, wie die Cowboys in den Wildwestfilmen ihre Revolver trugen. Jedoch steckten keine Revolver in den Taschen, sondern Bierflaschen. Unweit von Konrads Tisch blieb die Gruppe stehen und bildete einen Kreis. Einer rief mit lauter Stimme: »Auf den FC Bayern München. Schuss.«

»Tor!«, grölten die anderen so laut wie möglich.

»Schuss!«

»Tor!«

»Schuss!«

»Tor!«

»Schuss!«

»Tor!«

»Schuss!«

»Tor!«

»Schuss!«

»Tor!«

»Schuss!«

»Tor!«

»Schuss!«

»Tor!«

»Schuss!«

»Tor!«

»Schuss!«

»Tor!«

»Schuss!«

»Tor!«

»Schuss!«

»Tor!«

»Schuss!«

»Tor!«

»Prost, ihr Säcke!«

»Prost, du Sack!«

Daraufhin zogen sie ihre Flaschen und nahmen einen kräftigen Schluck, um schließlich wieder weiterzumarschieren. Sie stimmten dabei ein Lied an: »Deutscher Meister wird nur der FCB, nur der FCB, nur der FCB ...«

Als endlich wieder Ruhe eingekehrt war, sagte Konrad: »Jetzt weiß ich wenigstens, wie das Spiel heute Nachmittag ausgegangen ist.«

»Woher denn das?«, fragte Karin überrascht.

»Natürlich von den Fans! Sie haben dreizehnmal ›Schuss – Tor‹ gerufen. Also null zu dreizehn.«

»Stimmt das?«, fragte die Polizistin ungläubig.

»Stimmt genau«, bestätigte Gerd und wandte sich jetzt wieder an seinen Hund: »Auf geht's, Pius, jetzt wird es aber wirklich höchste Zeit, zu gehen«, kommandierte er. Allein, der Hund machte keine Anstalten diesem Befehl zu gehorchen.

»Du warst gar nicht beim Spiel!« Gerd ignorierte den Ungehorsam des Hundes geschickt, indem er sich wieder an Konrad wandte.

»Ach, das Spiel. Nein, da ist mir leider etwas dazwischengekommen.«

Gerd blickte seinen Schwager an und hatte plötzliche eine Eingebung. Mit einem Blick auf Lena gab er mit leichtem Spott in der Stimme zurück: »Verstehe. Das ist doch ganz klar. Man muss im Leben eben ab und zu Prioritäten setzen.«

»Das sehe ich auch so. Wie war das Spiel denn?«

»Eine ganz klare Angelegenheit für Bayern. Alles in allem ein eher langweiliger Sonntagnachmittag.«

Konrad fasste sich an den Hals, der immer noch schmerzte und entgegnete schmunzelnd: »Da könntest du recht haben. Ein absolut gewöhnlicher und langweiliger Sonntag.«

# Dank

Mein kurzer, aber herzlicher Dank gilt allen Menschen, die zur Entstehung dieses Buches beigetragen haben!

Besonders bedanken möchte ich mich bei den Damen und Herren des Silberburg-Verlags für ihre jederzeit liebevolle Art und ihre äußerst professionelle Arbeit.

Die handelnden Personen sind dem Geiste des Autors entsprungen. Deswegen ist eine Ähnlichkeit mit der realen Welt rein zufällig. Die Schauplätze dagegen, in und um Albstadt, gibt es wirklich und sie sind genau so schön, wie ich sie beschrieben habe.

Albstadt, im Februar 2011